जीवन जीने के Positive मंत्र

यह आपकी निजी रचनात्मक चिंतन–प्रक्रिया में चिनगारी उत्पन्न करनेवाले विचारों की पुस्तक है। यह आपको अनुभवों एवं उनकी प्रक्रियाओं से भिन्न रूप से परिचित होने का अवसर प्रदान करेगी।

इस पुस्तक को पढ़ने के बाद आपको ऐसे विवरण प्राप्त हो सकते हैं, जिनसे संभवत: आप सहमत न हों। वे आपकी निजी विश्वास प्रणाली से टकरा सकते हैं। यह सही भी है। लेखिका इसे 'पात्र मंथन' कहती हैं। उनकी कही गई प्रत्येक विषयवस्तु से आपका सहमत होना आवश्यक नहीं, परंतु आप यह अवश्य परख लें कि आप किसी चीज पर क्यों विश्वास करना चाहते हैं। इसी प्रकार आपका विकास होगा और आप बदलेंगे।

इस पुस्तक को आप कहीं से भी पढ़ना प्रारंभ कर सकते हैं। इसे आप अपनी इच्छानुसार खोलें। आपको इसमें निहित पूरा संदेश तत्काल मिल जाएगा। यह आपके पूर्व विश्वासों की पुष्टि करेगी या आपको चुनौती देगी। यह सबकुछ विकास–प्रक्रिया का अंग है। जान लीजिए कि आप सुरक्षित हैं और सबकुछ ठीक है।

अपने भीतर झाँककर गुण–दोषों का अंतरावलोकन करके जीवन जीने के पॉजिटिव मंत्र बतानेवाली पठनीय कृति।

लुइस एल. हे, जो अंतरराष्ट्रीय बेस्टसैलर पुस्तक 'यू कैन हील योर लाइफ' की लेखिका हैं। वे एक सैद्धांतिक वक्ता और अध्यापिका भी हैं, जिनकी पुस्तकों की 5 करोड़ से अधिक प्रतियाँ दुनिया भर में बिक चुकी हैं। पिछले 40 वर्षों से वे दुनिया भर में लोगों की व्यक्तिगत विकास और आत्म–उपचार के लिए अपनी संपूर्ण सृजनात्मक शक्ति क्षमता की खोज करने और उसे कार्यान्वित करने में सहायता करती आ रही हैं। उन्होंने ओपरा विनफ्रे के टीवी शो एवं अमेरिका समेत कई अन्य देशों के टीवी व रेडियो कार्यक्रमों पर भी अपनी प्रस्तुति दी।

वेबसाइट : www.louisehay.com

जीवन जीने के Positive मंत्र

लुइस एल. हे

प्रभात
पेपरबैक्स
www.prabhatbooks.com

प्रकाशक

प्रभात पेपरबैक्स

4/19 आसफ अली रोड, नई दिल्ली-110002

फोन : 23289777 • हेल्पलाइन नं. : 7827007777

इ-मेल : prabhatbooks@gmail.com ❖ वेब ठिकाना : www.prabhatbooks.com

संस्करण

प्रथम, 2019

अनुवाद

रमाशंकर सिंह

अ.मा.पु.स. 978-93-5322-585-8

★

JEEVAN JEENE KE POSITIVE MANTRA
by Louise L. Hay
(Hindi translation of 'MEDITATIONS TO HEAL YOUR LIFE')

Published by **PRABHAT PAPERBACKS**
4/19 Asaf Ali Road, New Delhi-110002
by arrangement with Hay House, INC.

ISBN 978-93-5322-585-8

परिचय

यह हमारी मौलिक, रचनात्मक चिंतन प्रक्रिया को उद्दीप्त करनेवाली पुस्तक है। यह हमें हमारे अनुभवों को भिन्न दृष्टिकोण से देखने का अवसर प्रदान करती है। इस जगत् में हमारा आगमन ऐसे शुद्ध, निश्छल मन के साथ होता है, जो पूर्णरूपेण हमारी आंतरिक बुद्धिमत्ता से जुड़ा हुआ होता है। ज्यों-ज्यों हम बड़े होते हैं, अपने आस-पास उपस्थित वयस्कों से भय एवं मर्यादाएँ अर्जित करते हैं। वयस्क होते-होते हमारे मन में अनेक नकारात्मक अंधविश्वासों का उदय हो जाता है और हम अपने जीवन का निर्माण तथा अनुभवों को इन्हीं मिथ्या विश्वासों पर आधारित करने लग जाते हैं।

इस पुस्तक के अध्ययन के पश्चात् आपको ऐसे कथन (विवरण) प्राप्त हो सकते हैं, जिनसे आप सहमत न हों। आपकी निजी विश्वास प्रणाली के साथ उनका टकराव होना स्वाभाविक है और एक प्रकार से यह सही भी है। इसे मैं 'भावोद्दीपन' अथवा विचार-मंथन कहती हूँ। मेरा मानना है कि आपका प्रत्येक चीज से सहमत होना आवश्यक नहीं, परंतु मैं इतना अवश्य कहना चाहूँगी कि आप इस बात को भलीभाँति परख लें कि आप किसी चीज पर विश्वास क्यों करना चाहते हैं। इसी प्रकार हमारा विकास एवं परिवर्तन होगा।

प्रारंभ में अपने गंतव्य की ओर अग्रसर होने के पश्चात् मैं जब भी कुछ अभौतिक एवं अपने विश्वास के विपरीत विचार सुनती तो उनमें से अनेक को चुनौती दे देती थी। अभिनव विचारों के परिप्रेक्ष्य में मैं अपने विश्वासों की जितनी अधिक तुलना करती, उतना अधिक मुझे मेरे जीवन में अप्रसन्नता उत्पन्न करनेवाली चीजों के विषय में पता चलता। ज्यों ही मैंने प्राचीन, नकारात्मक विचारों को अपने जीवन से बाहर निकाल फेंका, त्यों

ही मेरे जीवन में अपेक्षित एवं उत्तम परिवर्तन आ गया।

इस पुस्तक को आप अपनी इच्छानुसार कहीं से भी पढ़ना प्रारंभ कर सकते हैं। इतना ही नहीं, पढ़ने के बाद आपको उसका पूर्ण सार-संदेश तत्क्षण प्राप्त हो जाएगा। यह पुस्तक आपकी पूर्व मान्यताओं की पुष्टि करेगी या फिर आपको चुनौती देगी। यह सबकुछ विकास प्रक्रिया का अनिवार्य अंग है। सबसे अच्छी बात यह है कि आप सुरक्षित हैं।

अनुक्रम

मैं प्यार एवं स्वीकार की दुनिया का निवासी हूँ

स्वीकार

मैं स्वीकार्यता का प्रसार करती हूँ

यदि मैं स्वयं को अपने यथावत् रूप में स्वीकार कराना चाहती हूँ तो मुझे भी लोगों को उनके वास्तविक (यथावत्) रूप में स्वीकार करने की आवश्यकता है। हम सदैव यही चाहते हैं कि हमारे माता-पिता हमें पूर्णरूपेण स्वीकार करें और इसके बावजूद हम उन्हें उनके यथावत् रूप में स्वीकार करने को तैयार नहीं हैं। स्वीकृति का अर्थ हमें अपने एवं अन्य लोगों के अस्तित्व को समझने की योग्यता है। दूसरों के लिए मानक का निर्धारण अहंकारपूर्ण है। हम केवल अपने लिए कोई मानक निर्धारित कर सकते हैं और इसके बावजूद हम चाहते हैं कि वे मानक की बजाय केवल दिशा-निर्देश हों। हम आत्म-स्वीकार्यता का जितना अधिक अभ्यास करेंगे, हमारे लिए अपनी अनुपयोगी आदतों का त्याग करना उतना ही सरल हो जाएगा। हमारे लिए प्यार के वातावरण में स्वयं को विकसित एवं परिवर्तित करना सरल है।

मैं अपनी शक्ति का दावा
करती हूँ
और सभी सीमाओं से परे
जा सकती हूँ

व्यसन (लत)

मैं स्वयं को क्षमा करके खुद को स्वतंत्र कर लेती हूँ

किसी आत्मेतर वस्तु पर अत्यधिक निर्भरता को व्यसन (लत) कहते हैं। मैं नशीली दवाओं (ड्रग्स), शराब, सहवास और तंबाकू की आदी हो सकती हूँ और मैं लोगों को आरोपित करने से लेकर रुग्णता, ऋण, पीड़ित होने एवं ठुकराए जाने इत्यादि मामलों का निर्णय करने की आदत से ग्रस्त हो सकती हूँ। फिर भी मैं इन चीजों से आगे निकल सकती हूँ। आदी होने का अर्थ मेरा किसी तत्त्व अथवा आदत के समक्ष अपनी शक्ति का समर्पण कर देना है। मैं सदैव अपनी शक्ति का पुनर्संचय कर सकती हूँ। मैं इसी क्षण अपनी शक्ति पुनः वापस पा सकती हूँ! मुझे अपने अंतर्मन में मात्र यह जानने की सकारात्मक आदत का विकास करना है कि जीवन मेरे लिए है। मैं अपने आप को क्षमा करके आगे बढ़ने की इच्छुक हूँ। मेरी अनंत भावना सदैव मेरे साथ रही है और आज भी यहाँ मेरे साथ है। मैं पुरानी आदतों को त्यागने के पश्चात् थोड़ा विश्राम करती हूँ और मुझे यह भी स्मरण रहता है कि नई सकारात्मक आदतों का अभ्यास करने के बाद गहरी साँस लेनी चाहिए।

जीवन मुझसे
स्नेह करता है और मैं
सुरक्षित हूँ

किशोरों

मैं स्वतंत्र होकर संचार करती हूँ

मेरे लिए विकसित होना सुरक्षित है। मुझे अध्ययन, विकास, परिवर्तन प्रिय है और इस तथ्य के साथ मैं स्वयं को सुरक्षित महसूस करती हूँ कि परिवर्तन जीवन का स्वाभाविक अंग है। मेरा व्यक्तित्व कोमल है और मेरे लिए जीवन-प्रवाह के साथ आगे बढ़ना सरल है। मेरी अंतरात्मा सुसंगत है, अत: मैं सब प्रकार के अनुभव में सुरक्षित हूँ। बचपन में मुझे इस बात का ज्ञान नहीं था कि बड़ी होकर मैं क्या बनूँगी और अब, जबकि मैं वयस्कावस्था की यात्रा प्रारंभ कर रही हूँ तो मैं महसूस करती हूँ कि भविष्य समान रूप से अज्ञात एवं संदिग्ध है। मेरा विश्वास है कि मेरे लिए विकसित होकर जीवन का दायित्व वहन करना सरल है। मेरा प्रथम वयस्क कृत्य यह है कि मैं स्वयं से बिना शर्त प्यार करना सीखूँ, क्योंकि तब भविष्य मुझे जो कुछ भी परोसेगा, उसे मैं सँभाल सकती हूँ।

मैं अपनी
अभिपुष्टियों का
बुद्धिमत्तापूर्वक
प्रयोग करती हूँ

अभिकथन

शुरुआत में शब्द है

मेरा प्रत्येक विचार एवं मेरे द्वारा बोला गया प्रत्येक शब्द एक अभिपुष्टि है। वह या तो सकारात्मक है अथवा नकारात्मक। सकारात्मक अभिपुष्टियाँ सकारात्मक अनुभवों एवं नकारात्मक अभिपुष्टियाँ नकारात्मक अनुभवों का सृजन करती हैं। टमाटर का कोई बीज यदि बोया जाएगा तो वह टमाटर के पौधे के रूप में ही विकसित होगा। बांजफल बड़ा होकर केवल बलूत का वृक्ष बनेगा। कोई भी पिल्ला बड़ा होकर कुत्ता ही बनेगा। यदि हम अपने अथवा जीवन के बारे में लगातार नकारात्मक कथनों को दोहराते रहेंगे तो हमें अधिकाधिक तौर पर उसका प्रतिफल केवल नकारात्मक अनुभव के रूप में ही प्राप्त होगा। अब मैं अपने परिवार की भाँति जीवन को नकारात्मक तरीके से देखने की बजाय उससे ऊपर उठूँगी। अभिपुष्टि की मेरी नई आदत के अनुरूप अब मैं अपने जीवन की अच्छाई हेतु केवल अच्छा ही बोलूँगी, तभी मेरे अंदर अच्छाई आएगी।

मुद्दा यह नहीं कि
मेरी चुनौती क्या है,
मैं जानती हूँ कि लोग मुझसे
प्यार करते हैं

एड्स

यह समय भी बीत जाएगा और हम आगे बढ़ेंगे तथा इससे लाभान्वित होंगे!

हम यहाँ वस्तुतः अथाह जल से होकर गुजर रहे हैं। इस समय एवं स्थान पर इस यात्रा में शामिल हरेक लिप्त व्यक्ति अपनी जानकारी एवं अनुभव के अनुसार अपना सर्वोत्तम प्रयास कर रहा है। अपनी क्षमता से अधिक प्रयास करने पर हमें अपने आप पर गर्व है। स्मरण रखें कि इस ग्रह पर हमारे द्वारा उत्पन्न की गई कठिनाइयों से कोई कहीं छुटकारा पा चुका है। हमारे पास सकारात्मक एवं स्वस्थ उत्तर होना आवश्यक है। इससे कोई अंतर नहीं पड़ता कि आप कौन सी भाषा बोलते हैं। प्यार हमारे साथ हार्दिक भाषा में बात करता है। प्रतिदिन कुछ समय शांत होकर बैठें और महसूस करें कि आपके दिल से निकला प्यार आपके शरीर के अंग-प्रत्यंग में प्रवाहित हो रहा है। प्यार एक स्वास्थ्यवर्धक शक्ति है। प्यार सभी द्वारों को खोल देता है। प्यार एक ऐसी सर्वसुलभ सार्वभौमिक शक्ति है, जो हमारे जीवन की प्रत्येक चुनौती से निपटने में हमारी सहायता हेतु उपलब्ध है। अपने हृदय को खोलें। प्यार को प्रवाहित होने दें। आपको जन्म देनेवाली शक्ति के साथ अपनी एकात्मकता को अनुभव करें।

मैं स्वयं अपनी दुनिया का मालिक हूँ

अधिकार

मैं अपने जीवन का लेखक हूँ

किसी व्यक्ति, स्थान अथवा वस्तु का मुझ पर कोई नियंत्रण नहीं है; क्योंकि मैं अपने मन का एकमेव चिंतक हूँ। एक बालक के रूप में मैंने अधिकारप्राप्त लोगों को ईश्वर की तरह स्वीकार किया है। अब मैं स्वयं प्राधिकारप्राप्त व्यक्ति बनने हेतु अपनी शक्ति को वापस ग्रहण करना सीख रही हूँ। मैं अब स्वयं को एक शक्तिशाली, उत्तरदायी व्यक्ति के रूप में स्वीकार करती हूँ। प्रतिदिन प्रात:काल जब मैं ध्यान-साधना करती हूँ तो मैं अपनी व्यक्तिगत आंतरिक बुद्धिमत्ता के संपर्क में आती हूँ। हमें जैसे ही ज्ञात होता है कि हम सभी विद्यार्थी एवं शिक्षक हैं, जीवनरूपी विद्यालय गहराई से हमारे उद्देश्यों को परिपूर्ण कर रहा है। हममें से प्रत्येक कुछ सीखने एवं कुछ सिखाने आया है। जब मैं अपने विचारों की बात सुनती हूँ तो सौम्यतापूर्वक अपने मन को निर्देश देती हूँ कि वह मेरी निजी आंतरिक बुद्धिमत्ता पर विश्वास करे। बढ़े एवं फूले-फले और धरती के अपने सभी मामलों को दैवी शक्ति के हवाले कर दे। सब अच्छा है।

मैं संभावनाओं के अवरोधकों को पार कर जाती हूँ

बाधाएँ

मेरे जीवन में कोई अवरोधक नहीं है

बुद्धिमत्ता एवं अध्ययन के द्वार सदैव खुले हैं और मैं उनसे होकर गुजरने का अधिकाधिक चुनाव करती हूँ। अवरोधक, रुकावटें, बाधाएँ एवं समस्याएँ हमारे निजी शिक्षक हैं, जो हमें अतीत से बाहर निकलने एवं संभावनाओं की संपूर्ण नई दुनिया में प्रवेश करने का अवसर प्रदान करती हैं। उच्चतम श्रेष्ठ कल्पनीयता का विचार करके उसकी ओर अपने मन को मोड़ना मुझे प्रिय है। चूँकि मेरा मन उत्तम विचारों की अधिकता से ओत-प्रोत होगा, इसलिए रुकावटें एवं बाधाएँ समाप्त हो जाएँगी। मेरा जीवन नीलगगन से निकलने वाली तड़ित के समान नन्हे चमत्कारों से भर जाता है। कभी-कभार मैं पूरी तरह निष्क्रिय एवं उन्मुक्त होकर ईश्वरीय बुद्धिमत्ता को निहारती हूँ। मैं जीवन की एक छात्रा हूँ और मैं उससे प्यार करती हूँ।

मनुष्यों की भाँति
पुष्प भी अत्यंत सुंदर हैं
और लगातार कुसुमित
होते रहते हैं

सौंदर्य

सौंदर्य मुझे उत्तेजित एवं स्वस्थ करता है

सौंदर्य सर्वत्र है। जल की सतह पर प्रतिबिंबित प्रकाश एवं पुरातन वृक्षों की शांत शक्ति तक, सभी प्रत्येक नन्हे पुष्प में प्राकृतिक सौंदर्य एवं कांति उत्पन्न करते हैं। प्रकृति मुझे आनंदित, नूतन एवं तरोताजा करती है। मैं जीवन की सरलतम वस्तुओं में विश्राम, आनंद एवं स्वास्थ्य देखती हूँ। चूँकि मैं प्रकृति की ओर प्रेमपूर्वक निहारती हूँ, अत: मेरे लिए अपने आप को प्यार से देखना सरल हो जाता है। मैं प्रकृति का एक अंग होने के कारण अपने निजी एवं अद्भुत स्वरूप में सुंदर हूँ। मैं जहाँ भी देखती हूँ, हर जगह मुझे सौंदर्य-ही-सौंदर्य दिखाई देता है। जीवन का समस्त सौंदर्य आज मेरी समझ में आ गया है।

मेरे बीजक (बिल)
मेरी भुगतान योग्यता की
अभिपुष्टि हैं

बीजक (बिल)

मैं अपने तरीके से आसानी से भुगतान करती हूँ

हमारे रचयिता ने हमारे लिए यहाँ हर चीज बनाई है। यह हमारे ऊपर निर्भर है कि हम उसके योग्य बनें और उसे प्राप्त करें। आज हमारे पास जो कुछ भी है, उसे हमने स्वयं स्वीकार किया है। यदि हमें कोई भिन्न चीज कम या अधिक मात्रा में चाहिए तो वह मात्र शिकायत करने से प्राप्त नहीं होगी; हम उस भिन्न वस्तु को अपनी आवश्यकतानुसार अपनी चेतना में विस्तार करके ही प्राप्त कर सकते हैं। अपने बिलों का प्रेमपूर्वक स्वागत करें और चैक लिखते/तैयार करते समय यह सोचकर आनंदित हों कि आज आप जो कुछ भेज रहे हैं, वह कई गुना होकर आपके पास वापस आएगा। इस मुद्दे के विषय में सकारात्मक रूप से सोचना प्रारंभ करें। बिल सचमुच बड़ी अद्भुत चीज है। इसका अर्थ यह है कि किसी ने आपके ऊपर पर्याप्त विश्वास करके आपको अपनी वस्तुएँ एवं सेवाएँ प्रदान की हैं और वह जानता है कि आपके पास उसका भुगतान करने की योग्यता है।

मेरी देह मेरी
अच्छी सहेली है,
जिसकी देखभाल
मैं बड़े प्यार से करती हूँ

शरीर

मैं अपनी देह से प्यार करती हूँ

मेरा शरीर इस समय मेरे लिए बिल्कुल सही है। मेरा वजन भी सही है। मैं ठीक वैसी ही हूँ, जैसी मुझे होना चाहिए। मैं सुंदर हूँ और नित्यप्रति अधिक आकर्षक होती जाती हूँ। सौंदर्य की इस संकल्पना को समझ पाना अत्यंत कठिन है, फिर भी चीजें बदल रही हैं और मैं स्वयं को ऐसा अनुभव कर रही हूँ, जैसे किसी को लोग अत्यधिक प्यार करते रहे हैं। मैं स्वस्थ नन्हीं दावतों एवं खुशियों से स्वयं को यदा-कदा पुरस्कृत करना सीख रही हूँ। प्यार का एक नन्हा सा कृत्य मुझे पोषित करता है, शांत बैठना, खुले एवं प्राकृतिक वातावरण में सैर करना, गुनगुने जल से स्नान करने जैसे कार्य मुझे सचमुच आनंदित करते हैं और ये मुझे अत्यंत प्रिय हैं। अपनी साज-सँभाल करने में मुझे मजा आता है। मैं जानती हूँ कि यह मेरे एवं मेरे मित्रों के लिए सही है। मैं जानती हूँ कि मेरे बदन में सितारों की रोशनी भरी है और मैं जहाँ कहीं भी जाती हूँ, वहाँ झिलमिलाती एवं जगमगाती रहती हूँ।

अपने कारोबार को प्रभावित
करने के लिए
मैं ईश्वरीय बुद्धि पर विश्वास
करती हूँ और
मैं सफलता-दर-सफलता प्राप्त
करती जाती हूँ।

कारोबार

मैं अपना प्रिय काम करती हूँ

चाहे दुनियादारी के हिसाब से मेरा कोई कारोबार हो अथवा नहीं, मेरा विश्वास है कि ईश्वरीय शक्ति मेरा कारोबार चलाती है। मैं इसी ईश्वरीय शक्ति द्वारा संचालित होनेवाला एक उपकरण हूँ। केवल एक बुद्धि है और इस बुद्धि का हमारी सौर प्रणाली के इतिहास में जबरदस्त ट्रैक रिकॉर्ड है, जो प्रत्येक ग्रह को उसकी दिशाओं सहित करोड़ों वर्षों से सुव्यवस्थित एवं सौहार्दपूर्ण तरीके से संचालित कर रही है। इस बुद्धि को मैं जानबूझकर अपने कारोबार में अपना साझीदार स्वीकार करती हूँ। इस शक्तिशाली बुद्धि के साथ अपनी कामकाजी ऊर्जा का तालमेल करना मेरे लिए सरल है। इसी बुद्धि से मेरे कारोबार को आनंददायक एवं सफल बनानेवाले सारे उत्तर, सारे समाधान, सारे आरोग्य, समस्त अभिनव सृजन एवं विचार उत्पन्न होते हैं।

मैं एक निपुण चालक
एवं
एक मित्र यात्री हूँ

कार

मैं अपनी कार से प्यार करती हूँ

वाहन चलाना मेरे लिए एक रोचक एवं सुरक्षित अनुभव है। मैं अपनी कार की अच्छी देखभाल करती हूँ और मेरी कार भी उसी तरह मेरा खयाल रखती है। मैं जब भी कहीं जाना चाहती हूँ, यह हमेशा तैयार रहती है। मेरी कार का मिस्त्री भी अत्यंत निपुण है और वह भी मेरी कार से प्यार करता है। मैं जब कभी भी इसमें बैठती हूँ, इसे प्यार से भर देती हूँ, इसलिए प्यार भी हमेशा मेरे साथ यात्रा पर रहता है। मैं मार्ग के अन्य चालकों को भी प्यार भेजती हूँ, क्योंकि हम सब एक साथ यात्रा कर रहे हैं। प्यार मुझसे आगे निकल जाता है और मेरी मंजिल पर पहुँचने पर वह मेरे स्वागत के लिए तैयार रहता है।

आप अपना
यथासंभव उत्तमोत्तम
ध्यान रखें

देखभाल

मैं एक चमकता प्रकाश हूँ

मेरा शरीर एक चमत्कार है। जिन लोगों की मैं देखभाल करती हूँ, उनके शरीर भी चमत्कार हैं। हमारे शरीरों को आपात स्थितियों से निपटने, आराम करने और अपने आपको तरोताजा रखने का ज्ञान है। हम अपने शरीरों की पुकार सुनना एवं उनकी आवश्यकता पूरी करना सीख रहे हैं। कभी-कभी दूसरों की देखभाल करना जबरदस्त काम बन जाता है। यह हमारी अपेक्षा से अधिक है। सहायता हेतु पुकारना सीखें। चाहे आप ध्यानदाता हों अथवा ध्यानग्राही, स्वयं से प्यार करना अत्यंत महत्त्वपूर्ण कार्य है, जो आप कर सकते हैं। जब आप स्वयं को अपने वास्तविक एवं यथावत् स्वरूप में प्यार एवं स्वीकार करते हैं तो यह किसी स्तर पर गियर बदलने जैसा है। यकायक आप विश्राम कर सकते हैं और अपने दिल की गहराई में झाँककर देख सकते हैं कि सबकुछ अच्छा है।

मैं अपनी सोच बड़े प्यार से बदलती हूँ

अपनी सोच बदलना

जब मैं अपनी सोच बदलती हूँ तो मेरा जीवन बदल जाता है

हम प्रकाश हैं। हम आत्मा हैं। हम सब आश्चर्यजनक, सामर्थ्यवान हैं और अब समय आ गया है कि हम इस बात को स्वीकार करें कि अपने अस्तित्व का निर्माण हम स्वयं अपने मन से करते हैं। यदि हम अपनी वास्तविकता बदलना चाहते हैं तो हमारे लिए यह स्वयं को बदलने का समय है। यह कार्य हम नवीन एवं सकारात्मक रूप से अपने सोचने एवं बोलने में परिवर्तन का चयन करके कर सकते हैं। मैंने बहुत समय पूर्व सीखा था कि यदि मैं अपनी सोच बदलूँगी तो अपना जीवन बदल सकती हूँ। सोच बदलने का अर्थ वास्तव में अपनी सीमाओं में कमी लाना है। ज्यों ही हम अपनी सीमाओं को कम करते हैं, हमें अपने आस-पास जीवन की अनंतता का आभास होने लगता है। हम यह समझना शुरू कर देते हैं कि हम पहले ही सही, समग्र एवं पूर्ण हैं। अतः प्रत्येक दिन आसान हो जाता है।

इससे कोई फर्क नहीं पड़ता
कि अतीत में क्या हुआ,
मैं अब अपने अंदर के शिशु को
फलने-फूलने और यह जानने
का अवसर देती हूँ कि उसे पूरा
प्यार मिल रहा है

बाल शोषण

मेरे लिए बड़ा होना सुरक्षित है

हम सब ईश्वर की प्यारी संतानें हैं, फिर भी बाल शोषण जैसे वीभत्स कृत्य हो रहे हैं। ऐसा कहा जाता है कि हमारी जनसंख्या के 30 प्रतिशत ने बाल शोषण का अनुभव किया है। यह कोई नई बात नहीं है। इस समय हम ऐसे बिंदु पर हैं, जहाँ हम घटनाओं को खामोशी की दीवार के पीछे छिपाने की बजाय उन्हें सामने लाना सीख रहे हैं और उन्हें उखाड़ने की अनुमति दे रहे हैं। चूँकि ये दीवारें अब दरक रही हैं, इसलिए हम परिवर्तन कर सकते हैं। हममें से जिन लोगों ने सचमुच कठिन बचपन बिताया है, उनके लिए अब हमारी दीवारें अधिक मजबूत एवं सज्ज हैं। अब भी हमारी दीवारों के पीछे हममें से हरेक के मन में रहनेवाले बच्चे मात्र इतना चाहते हैं कि उन्हें उनके वास्तविक, अपरिवर्तित रूप में पहचाना, प्यार एवं स्वीकार किया जाए।

आप पढ़ा सकते हैं
परंतु आप दबाव
नहीं डाल सकते

बच्चे

मैं बच्चों से और बच्चे मुझसे प्यार करते हैं

बच्चों के साथ खुला और प्यार भरा संवाद करने में मुझे अत्यंत आनंद प्राप्त होता है। मैं उनकी बात सुनती हूँ और वे मेरी बात सुनते हैं। बच्चे बड़ों के साथ हमेशा घुल-मिल जाते हैं। यदि मेरे आस-पास कोई बच्चा नकारात्मक व्यवहार कर रहा है तो मैं पहले अपने नकारात्मक विश्वासों की पड़ताल करती हूँ। मुझे मालूम है कि यदि मैं स्वयं को स्वस्थ कर सकती हूँ तो मैं बच्चों को भी स्वस्थ करने में सहायक हो सकती हूँ। मैं इस बात पर बल देकर कह सकती हूँ कि मैं अपने आप से बिना शर्त प्यार करती हूँ। मैं सचेत होकर अपने सभी नकारात्मक विचारों को निकाल फेंकना चाहती हूँ। मैं एक सकारात्मक एवं प्यार करनेवाले व्यक्ति का उदाहरण बनना चाहती हूँ। उसके बाद ही बच्चा स्वयं से प्यार करना प्रारंभ करेगा अथवा करेगी। उसका नकारात्मक व्यवहार कभी तत्काल और कभी-कभी धीरे-धीरे समाप्त हो जाएगा। मैं अपने निजी आंतरिक शिशु से भी रिश्ता जोड़ती हूँ। ज्यों ही मैं अपने वयस्क जीवन को स्थिर करती हूँ, त्यों ही मेरे अंतर का शिशु स्वयं को सुरक्षित एवं दुलारा हुआ अनुभव करने लगता है। सुरक्षा एवं स्नेह के साथ अनेक घिसे-पिटे रिवाजों से पीछा छुड़ाने की इच्छा जाग्रत् होती है।

प्रात:काल जागने के बाद
जितना व्यायाम मैंने किया था,
मैं उससे आगे
जाने का चुनाव करूँगी।
अब मैं कुछ नया करने हेतु
तैयार हूँ

पसंद

मैं अपनी शीर्षतम जागरूकता के साथ जीना पसंद करती हूँ

मैं इस बात को याद रखना चाहती हूँ कि हर समस्या का एक समाधान होता है और इसे जानने के बाद मैं किसी भी समस्या से निपट सकती हूँ, क्योंकि इस तरह मैं उस स्थिति का चयन करती हूँ, जिसमें वर्तमान समस्या मुझे अस्थायी चीज लगती है। यह कोई ऐसी चीज है, जिस पर मैं काम कर रही हूँ। मैं एक अच्छी औरत हूँ। मुझे अपने ऊपर कोई अफसोस नहीं है। मैं अच्छाई का पाठ पढ़कर दुनिया में कुछ अच्छा करना चाहती हूँ। मैं स्वयं को बदलने की इच्छुक हूँ। मैं इस तथ्य को स्वीकार करती हूँ कि मैं हमेशा चीजों का विश्लेषण करने की स्थिति में नहीं रहूँगी। मैं विश्वास कर सकती हूँ और जान सकती हूँ। हरेक चीज अच्छाई के लिए हो रही है। सब अच्छा है।

मैं प्रत्येक दिशा में प्यार के साथ साफ-साफ देखती हूँ

स्पष्टता

मैं स्पष्ट देखती हूँ

मेरी दृष्टि एवं उद्देश्य दोनों में स्पष्टता है। मेरा अंतर्ज्ञान मुझे मेरी सर्वोत्तम भलाई एवं अधिकतम आनंद की दिशा में ले जाता है। मैं जीवन की उस अनंतता से संपृक्त हो जाती हूँ, जहाँ सबकुछ श्रेष्ठ, समग्र एवं पूर्ण है। मैं प्रतिपल परिवर्तनशील जीवन के केंद्र में हूँ। मैं प्रत्येक व्यक्ति एवं वस्तु में अच्छाई देखती हूँ।

वहाँ कुछ करने
योग्य नहीं,
कुछ जानने योग्य है

संचार

संवाद प्यार का गीत है

मनुष्य के लिए संवाद अत्यंत आनंददायक एवं शक्तिशाली अनुभवों में से एक है। मैं इस स्थान को किस प्रकार प्राप्त करूँ? मैंने अपने ऊपर बहुत काम किया है, मैंने अनेक पुस्तकें पढ़ी हैं और तभी इस सिद्धांत को जान पाई हूँ कि "मैं जो कुछ सोचती एवं कहती हूँ, वह मुझसे निकलकर ब्रह्मांड में पहुँच जाता है और उसकी अनुक्रिया के फलस्वरूप वह वापस मेरे पास आ जाता है।" अत: मैं अपना निरीक्षण करती हूँ और सहायता हेतु पुकारना प्रारंभ करती हूँ। ज्यों ही मैं निर्णयविहीन, आलोचना रहित रूप से अंतरिक्ष को निहारती हूँ, संचार से प्यार की दिशा में बड़ी प्रगति करती हूँ। मैं क्या मानती हूँ, मैं क्या महसूस करती हूँ, मैं कैसे प्रतिक्रिया करती हूँ, मैं किस प्रकार अधिक प्यार कर सकती हूँ? और इसके पश्चात् मैं ब्रह्मांड से निवेदन करती हूँ, "कृपया मुझे प्यार करना सिखाइए।"

जीवन समुदाय में
मुझे शांति
मिलती है

समुदाय

मेरा हृदय सबके लिए खुला है

मैं सोचती हूँ कि अब हमारे लिए जीवन के विषय में अपनी संकुचित सोच के परित्याग एवं उसे व्यापक दृष्टिकोण से देखने का समय है। पृथ्वी ग्रह के निवासियों का समुदाय आज जिस पैमाने पर खुल रहा है, वैसा पहले कभी नहीं देखा गया। आध्यात्मिकता के नूतन स्तर हमें संपृक्त कर रहे हैं। हम आत्मा के स्तर पर समझ रहे हैं कि हम सभी एक हैं। हम एक कारण से इस समय अवतरित हुए हैं। मेरा मानना है कि हमने गहराई से सोचकर इस ग्रह को स्वस्थ बनाने की प्रक्रिया के अंग के रूप में अपना चयन किया है। स्मरण रखें कि हर बार जो विचार आपके मन में आता है, वह आपसे बाहर जाकर समान रूप से सोचनेवाले लोगों के साथ जुड़ जाता है। यदि हम पुरातन रूढ़ियों, पूर्वग्रहों, अपराध-बोध एवं भय से चिपके रहेंगे तो चेतना के नए स्तर की ओर अग्रसर नहीं हो पाएँगे। यदि हममें से प्रत्येक स्वयं अन्य लोगों के साथ बिना किसी शर्त के स्नेह करे तो समूचा पृथ्वी ग्रह स्वस्थ हो जाएगा।

समय के प्रारंभ से
आज तक आप जैसा कोई
व्यक्ति कभी नहीं हुआ,
अतः ऐसी कोई वस्तु अथवा
व्यक्ति नहीं है,
जिससे तुलना अथवा
प्रतियोगिता की जाए

तुलना

मैं अतुलनीय हूँ

मैं यहाँ अपने एवं अन्य लागों के साथ शर्तहीन प्यार करने के लिए हूँ। यद्यपि प्रत्येक व्यक्ति के पास मापने योग्य कुछ है, जैसे ऊँचाई एवं वजन, मेरे पास मेरे लिए शारीरिक सौष्ठव से बढ़कर भी कुछ है। मेरा मापा न जा सकनेवाला अंग मेरी शक्ति है। अन्य लोगों के साथ मेरी तुलना या तो मुझे उनसे श्रेष्ठ बनाएगी अथवा निम्न। यह मुझे कतई स्वीकार नहीं है, मैं जैसी भी हूँ, ठीक हूँ। तुलना अथवा होड़ करने से समय एवं ऊर्जा नष्ट होती है। हममें से प्रत्येक का अद्‌भुत, आश्चर्यजनक, परस्पर भिन्न एवं विशिष्ट व्यक्तित्व है। मैं अपने अंतर्मन में जाकर अद्‌भुत एवं अनंत से एकाकार हो जाती हूँ और मानती हूँ कि हम सब समान हैं। भौतिक जगत् में प्रत्येक चीज परिवर्तित होती है। जैसे ही मैं इन परिवर्तनों के साथ बहने लगती हूँ, मैं स्वयं को अपने भीतर की उस अनंत शक्ति से जोड़ती जाती हूँ, जो किसी भी परिवर्तन से अधिक गहरी है।

हम अपनी दुनिया में
जो देखते हैं, वह हमारे
मन का दर्पण है

चेतना

मेरी शक्ति मेरे मन के प्रयोग के माध्यम से आती है

मैं विशुद्ध चेतना हूँ। इस चेतना का मैं अपनी इच्छानुसार किसी भी प्रकार से उपयोग कर सकती हूँ। मैं अभाव एवं मर्यादा के क्षेत्र से सचेत होने का चयन कर सकती हूँ अथवा अनंत एकात्मता, सौहार्द एवं संपूर्णता की दुनिया के प्रति सचेत हो सकती हूँ। इस अनंत संचेतना को या तो नकारात्मक अथवा सकारात्मक रूप में देखा जा सकता है। मैं जीवन में सदैव सबके साथ हूँ और मैं प्यार, सौहार्द, सौंदर्य, शक्ति, आनंद इत्यादि का आनंद लेने के लिए स्वतंत्र हूँ। मैं चेतना हूँ। मैं ऊर्जा हूँ। मैं सुरक्षित हूँ। मैं अपनी चेतना एवं अनुभव में निरंतर अध्ययन, वृद्धि एवं परिवर्तन करना जारी रखती हूँ। सब ठीक है।

यदि आपका कभी किसी चीज
पर नियंत्रण रहा है
तो वह है आपका चिंतन।
आपका वर्तमान विचार
अर्थात् आप जो कुछ इस समय
सोच रहे हैं,
वह पूर्णतया आपके
नियंत्रण में है।

नियंत्रण

जीवन की प्रक्रिया पर विश्वास करते हुए अपनी निजी सुरक्षा की संरचना मैं स्वयं करती हूँ

यदि आपके साथ कुछ होता है, जिसके बारे में आप महसूस करते हैं कि उस पर आपका कोई नियंत्रण नहीं है तो तत्काल एक सकारात्मक रणनीति बनाएँ। जब तक आप उस विचार से मुक्त न हो जाएँ, तब तक बार-बार उसे दोहराते रहें। जब चीजें आपके मुताबिक ठीक महसूस न हों तो स्वयं से 'सब ठीक है, सब ठीक है, सब ठीक है' कह सकते हैं। जब कभी आपको चीजों को नियंत्रित करने की आवश्यकता महसूस हो तो कह सकते हैं कि "मैं जीवन की प्रक्रिया पर विश्वास करती हूँ।'' भूकंप अथवा अन्य प्राकृतिक आपदाओं के दौरान आपका स्वयं से यह कहना सहायक हो सकता है कि "मैं पृथ्वी एवं उसके कंपन के साथ लय एवं सौहार्द बनाए हुए हूँ।" इस प्रकार जो कुछ होगा, वह ठीक होगा; क्योंकि आप जीवन प्रवाह के साथ सौहार्द बनाए हुए हैं।

मैं अब अपनी रचनात्मकता
को पहचानती हूँ
और उसका
आदर करती हूँ

रचनात्मकता

मैं अपना जीवन प्रतिदिन रचती हूँ

ब्रह्मांड की रचनात्मकता मेरे माध्यम से सारा दिन प्रवाहित होती है और उसमें शामिल होने के लिए मुझे केवल यह जानना है कि मैं उसका एक अंग हूँ। रचनात्मकता यदि किसी कलाकृति, उपन्यास, फिल्म, किसी नई शराब अथवा कारोबार के रूप में सामने आए तो उसे पहचानना सरल है। फिर भी मैं अपने समूचे जीवन की प्रतिपल रचना कर रही हूँ। यह कार्य मैं अपने शरीर की सामान्य, साधारण कोशिकाओं से लेकर अपने, अपने माता-पिता तथा पितामह एवं पितामही के प्रति भावनात्मक अनुक्रियाओं के माध्यम से कर रही हूँ। इतना ही नहीं, मैं अपनी वर्तमान नौकरी, बैंक खाता, मित्रों के साथ अपने संबंधों और खुद अपने प्रति अपने रवैए के माध्यम से भी कर रही हूँ। मेरे सर्वाधिक सशक्त उपहारों में से एक है मेरी कल्पना। इसका उपयोग मैं अपने और अपने आस-पास मौजूद प्रत्येक व्यक्ति के साथ घटित होनेवाली अच्छी चीजों को देखने हेतु करती हूँ। मैं शांत हूँ, क्योंकि मैं अपनी उच्चतम निजता के साथ अपने जीवन से सहयोग करती हूँ।

अंतर्मन में स्थित बच्चा मुझे सदैव स्वस्थ बनाए रखता है

अपराधियों

आत्ममूल्य एवं आत्मसम्मान हरेक का दैवी अधिकार है

हिंसा का प्रत्येक कृत्य किसी शोषित बालक अथवा उसके माध्यम से उत्पन्न होता है, जिसे कभी घृणा करना सिखाया गया हो। हम हिंसा को नजरअंदाज नहीं करते, परंतु हम उन वयस्कों के मन को स्वस्थ बनाने के उपाय अवश्य खोजेंगे, जिनके साथ बचपन में क्रूरता की गई है। हमारी वर्तमान कारागार प्रणाली कैदियों को केवल अच्छा अपराधी बनना सिखाती है। सजा से घाव नहीं भरता। गिरोह के सदस्य एवं हत्यारे अब भी हमारे प्यार के पात्र हैं। वे भी कभी सुंदर नन्हे बालक थे। उन्हें जीवन में आज ऐसा व्यवहार करना किसने सिखाया? मैं मानती हूँ कि कैदियों एवं पहरेदारों (गाड्र्स) को समान रूप से आत्ममूल्य एवं आत्मसम्मान का पाठ पढ़ाया जाना चाहिए। जब तक हम उनके मन के घावों को नहीं भरते अर्थात् उन्हें मानसिक रूप से स्वस्थ नहीं बनाते, तब तक अपराधियों का पुनर्वास नहीं कर सकते। उनकी आंतरिक पीड़ा को समझने और मूल्यांकन प्रणाली को स्वस्थ बनाने की आवश्यकता है। आइए, हम कारागारों एवं कैदखानों में प्यार का संचार करें और वहाँ वास्तविक स्वास्थ्यवर्धन के दर्शन करें।

जब आप कोई नया कौशल सीखते हैं तो सीखने की प्रक्रिया के दौरान प्रेमपूर्वक अपना समर्थन करते हैं। अपने लिए वहीं बने रहें।

आलोचना

बड़ी एवं छोटी चीजों के लिए मैं स्वयं को सराहती हूँ

मैं एक अजीब इनसान हूँ। मैं यह मानकर अपने आपको धमकाती और अपनी आलोचना करती थी कि उससे मेरे जीवन में सुधार आएगा, फिर भी कई वर्ष बीत जाने के बावजूद आत्मालोचन से मुझे कोई लाभ नहीं हुआ। दरअसल, आलोचना परिवर्तन एवं प्रगति को और भी अधिक कठोर बनाती दिखाई पड़ती है। अत: जब मैं अपनी अंतरात्मा की आवाज सुनती हूँ और मुझे लगता है कि मैं आलोचक बन रही हूँ तो स्वयं से कहती हूँ कि मैं पर्याप्त अच्छी नहीं हूँ या कि मैं कुछ गलत कर रही हूँ। मैं अपने बचपन के पुराने ढाँचे को पहचानते हुए अपने मन के अंदर बैठे बालक से तत्काल मीठी-मीठी बातें करने लगती हूँ। अपने ऊपर आँसू बहाने के बजाय सराहना एवं स्वीकृति के साथ मैं अपनी प्रशंसा एवं पोषण करने लगती हूँ। मैं जानती हूँ कि मैं लगातार प्रिय बनने के मार्ग पर अग्रसर हूँ।

मृत्यु
नवजीवन की ओर
खुलनेवाला
एक द्वार है

मौत

मैं प्रतिदिन जीती और मरती हूँ

हम सब फिल्म के मध्य में आते हैं और फिल्म के मध्य में ही उसे छोड़कर बाहर निकल जाते हैं। वहाँ कोई सही अथवा गलत समय नहीं, बल्कि केवल हमारा समय है। मृत्यु कोई विफलता नहीं है। शाकाहारी मरते हैं तो मांसाहारी भी मरते हैं। कोसनेवाले मरते हैं तो ध्यान करनेवाले भी मरते हैं। अच्छे लोग भी मरते हैं और बुरे लोग भी मरते हैं। प्रत्येक व्यक्ति चला जाता है। यह एक सामान्य एवं स्वाभाविक प्रक्रिया है। जीवन का एक द्वार जब बंद हो जाता है तो दूसरा द्वार खुलता है। जब इस जीवन का एक द्वार बंद होता है तो हमारे अगले जीवन का द्वार खुलता है। अपने साथ हम जो प्यार ले जाते हैं, हमारे अगले अनुभवों में वही हमारा स्वागत करता है। मृत्यु अगले चरण में दीर्घायु एवं अनंत जीवन में जन्म लेने की एक अवमुक्तन पद्धति है। मैं जानती हूँ कि इस बात से कोई फर्क नहीं पड़ता कि मैं कहाँ हूँ, मैं हमेशा सुरक्षित, स्नेहिल एवं जीवन द्वारा पूर्णतया समर्थित हूँ।

अपने वर्तमान
मानव-मन की सीमित सोच से
आगे जाने का निर्णय करें।
हाँ, आप जा सकते हैं।

निर्णय लेना

मैं एक निर्णायक व्यक्ति हूँ

जब आप अपनी शारीरिक भलाई के बारे में चिंता करते हैं तो आप स्वस्थ, पोषणयुक्त भोजन का चयन करते हैं। जब आप अपनी मानसिक एवं भावनात्मक भलाई के प्रति चिंतित होते हैं तो आप ऐसे विचारों का चयन करने का निर्णय करते हैं, जो आपके लिए ठोस, आंतरिक नींव की रचना करें। एक खाली विचार का कोई खास मतलब नहीं है, परंतु जिन विचारों को हम बार-बार सोचते हैं, वे जल की बूँदों के समान हैं। पहले छोटा गड्ढा, फिर एक तालाब, उसके बाद झील, फिर समुद्र बनता है। पुनरावृत्त आलोचना, अभाव एवं सीमित होने के विचार आपकी चेतना को नकारात्मकता के समुद्र में डुबो देते हैं, जबकि सच्चाई, शांति एवं प्यार आपको ऊपर उठाते हैं, ताकि आप जीवन के समुद्र में आसानी से तैर सकें। जो विचार आपको जीवन की एकात्मता से जोड़ते हैं, वे आपके लिए अच्छे निर्णय करना और उन पर अडिग रहना आसान बना देते हैं।

मैं जीवन में सर्वोत्तम प्राप्त करने की योग्यता रखती हूँ

योग्य

मैं उत्कृष्ट अनुभवों के योग्य हूँ

सभी मनुष्य प्रसन्न, परिपूर्ण जीवन के योग्य हैं। अनेक लोगों की भाँति मेरा भी विश्वास था कि मैं भी कुछ अच्छा पाने के योग्य हूँ। कुछ लोग मानते हैं कि सारी उत्कृष्टता के योग्य केवल वही हैं। अपने सत्कर्म को सीमित न करें। हममें से अनेक लोगों को यह मानने के लिए विवश होना पड़ा कि अच्छा जीवन वही है, जिसमें आप पालक खाएँ, अपना कक्ष साफ करें, अपने बालों में कंघी करें, अपने जूतों को पॉलिश से चमकाएँ, शोर न मचाएँ, इत्यादि। यद्यपि ये चीजें सीखने के लिए महत्त्वपूर्ण हैं, परंतु इनका आपके आंतरिक आत्मोपयोग से कोई लेना-देना नहीं है। हमें यह जानने की आवश्यकता है कि हम पहले ही पर्याप्त रूप में नेक हैं और किसी भी सूरत में कोई परिवर्तन किए बगैर अद्भुत जीवन जीने के योग्य हैं। मैं अपनी बाँहें फैलाकर प्यार से घोषणा करती हूँ कि मैं सर्वोत्तम पाने के योग्य हूँ और समस्त अच्छाई को स्वीकार करती हूँ।

मैं जीवन में
उत्कृष्टता को आत्मसात् करती हूँ
और यही मेरी
सच्चाई है।

पाचन

मैं जीवन को आसानी से जीती हूँ

मैं जीवन को परिपूर्णतः आत्मसात्, उदरस्थ एवं उसका विलोप करती हूँ। मेरी कोशिकाओं एवं अंगों को भली प्रकार ज्ञात है कि उन्हें क्या करना है और मैं उन्हें उनका काम करने में पोषणयुक्त भोजन करने, स्पष्ट चिंतन, सकारात्मक एवं स्नेहिल विचारों के माध्यम से उनकी सहायता करती हूँ। मेरे शरीर के प्रत्येक अंग हेतु एक मानसिक प्रतिमान है। मेरा पेट ऐसा अंग है, जिसमें विचार पचते एवं आत्मसात् होते हैं। कई बार मुझे होनेवाले नए अनुभवों को आत्मसात् करने में दिक्कत होती है और फिर भी यहाँ तक कि किसी बड़े परिवर्तन के मध्य भी मैं हमेशा ऐसे विचारों का चयन करती हूँ, जो मेरे अत्यावश्यक अनंत अस्तित्व का महिमामंडन करते हों। मैं जीवन की एक ईश्वरीय अद्भुत अभिव्यक्ति हूँ।

मैं बड़े प्यार से
अपने उत्तम स्वास्थ्य का
निर्माण करती हूँ

रोग

मेरी कठिनाई एक मूल्यवान शिक्षक है

मेरा स्वस्थ होना स्वाभाविक है। यह भी स्वाभाविक है कि मैं लचीली, नई चीजों को सरलता से सीखने, हँसने, बदलने एवं विकसित होने में समर्थ हूँ। कठिनाइयों का संबंध जीवन के प्रवाह में किसी क्षेत्र में एक प्रतिरोधक एवं क्षमा करने की अयोग्यता की भाँति है। मैं कठिनाइयों को एक ऐसे निजी शिक्षक के रूप में देखती हूँ, जो मेरी व्यापक समझदारी के पथ में सहायक बनकर आती हैं। सब शिक्षकों की भाँति ये राह के रोड़े की तरह हैं और जब मैं सबक सीख लेती हूँ तो मैं स्वास्थ्य लाभ के अपने अगले चरण की ओर बढ़ जाती हूँ। इस ग्रह का प्रत्येक व्यक्ति किसी-न-किसी रूप में अपने जीवन को स्वस्थ बनाने में लगा है। मैं अपने इर्द-गिर्द एक स्नेहिल वातावरण के निर्माण में अपने शरीर, मन एवं स्वस्थ जीवन जीने की भावना के साथ सहायता करती हूँ। मैं अपने मन एवं शरीर की स्वामिनी हूँ।

मैं अपने कृत्यों के विषय में अच्छा महसूस करती हूँ

काम

मैं जीवन के साथ सरलतापूर्वक एवं अनायास प्रवाहित होती हूँ

मैं सभी प्रकार के अनुभवों के साथ एक आविष्कारी सोच के साथ आगे बढ़ती हूँ। काम करने के अंतहीन तरीके हैं। जब हम कोई बड़ा काम करते हैं तो आनंदित होते हैं। यदि हम कोई छोटा काम कर लेते हैं तो भी प्रसन्न होते हैं। यदि हमने कुछ नहीं किया, तब भी आनंदित होते हैं। हम जो कुछ भी करते हैं, वह उस क्षण सही होता है। दरअसल ऐसा कुछ है ही नहीं, जिसे 'हमें करना पड़े।' ऐसे अनेक काम हैं, जो करने हेतु संभवत: सर्वोत्तम हैं; बहरहाल हमारे पास हमेशा एक पसंद होती है। जीवन सदैव एक संघर्ष है और ईश्वर इस संघर्ष में सदैव हमारे साथ है!

जब मैं ध्यान साधना में
बैठती हूँ तो पूछती हूँ, "मुझे क्या
जानने की जरूरत है?"
दिन में किसी समय
मुझे उत्तर मिल जाता है।

ईश्वरीय मार्गदर्शन

दैवी रूप से सबकुछ सुव्यवस्थित है

मैं इस बात को वास्तव में जानती हूँ कि मुझसे भी बड़ी कोई शक्ति है, जो मेरे अंदर प्रतिपल, प्रतिदिन प्रवाहित होती रहती है। मैं अपनी इच्छा एवं आवश्यकतानुसार इस शक्ति से मिल सकती हूँ और मुझे जब भी जो कुछ चाहिए, वह प्राप्त कर लेती हूँ। यह प्रत्येक के लिए सत्य है। हम सब सीख रहे हैं कि अपने मन के भीतर झाँकना सुरक्षित है। जीवन के संबंध में अपना दृष्टिकोण व्यापक बनाना सुरक्षित है। यदि किसी क्षेत्र में कोई कार्य हमारी अपेक्षानुसार नहीं हो रहा है तो इसका यह अर्थ कदापि नहीं कि हम बुरे अथवा गलत हैं। यह इस बात का संकेत है कि हम दैवी पथ-प्रदर्शन द्वारा किसी अन्य दिशा में मोड़े जा रहे हैं। जब ऐसा हो तो कोई शांत स्थान खोजकर विश्राम करें और अपने अंतर में स्थित बुद्धिमत्ता से जुड़ें। इस बात की अभिपुष्टि करें कि बुद्धिमानी की आपूर्ति अबहिष्कृत एवं आपके लिए उपलब्ध है और जो कुछ आप जानना चाहते हैं, वह आपके समक्ष सही समय/स्थान पर प्रकट हो जाएगा।

मेरे सपने एक रोचक, स्नेहिल अनुभव है

सपने

मेरा बिस्तर एक सुरक्षित स्थान है

कृपया रात की अंतिम चर्या के समाचार न सुनें अथवा टेलीविजन पर न देखें। यह आपदाओं की एक भयावह सूची हो सकती है और आप नहीं चाहेंगे कि वे सीधे आपके सपनों में प्रवेश करें। सपनों में अधिक साफ-सुथरा काम किया जाता है। आप यदि कोई कार्य कर रहे हैं तो अपने सपनों से उसमें सहायता का अनुरोध भी कर सकते हैं। अकसर आप सवेरा होने तक कोई उत्तर पा जाएँगे। आपके संयत होने में सहायक कोई विशेष कार्य करें और स्वयं को सोने के लिए तैयार करें। संभवत: आप ये अभिपुष्टियाँ कर सकते है—मेरी दुनिया का हरेक कोना सुरक्षित है, यहाँ तक कि तब भी, जब मैं सोता रहता हूँ। मैं जानता हूँ कि भविष्य अपनी देखभाल स्वयं कर लेगा। मेरे सपने खुशी के सपने हैं। मैं सुरक्षित एवं संरक्षित अनुभव करते हुए जागता हूँ। मुझे जागना प्रिय है। यदि मैं किसी सपने के साथ जागता हूँ तो मैं उससे कहता हूँ कि वह अपना परिचय दे। अपने मानसिक कौशल का दैनिक अभ्यास आपकी आँखें खोल सकता है, जबकि आप अभी भी चादर में लिपटे हुए हैं, शांत होकर अपने मुलायम बिस्तर एवं अपनी अनेक दुआओं को धन्यवाद दें।

मुझे प्रत्येक आयु का अनुभव करना प्रिय है

बड़े साल

मैं प्रत्येक गुजरते साल में खुशियाँ मनाती हूँ

इस शताब्दी के प्रारंभिक भाग में जीवन की अपेक्षित आयु मात्र 49 वर्ष थी। वर्तमान में यह लगभग 85 वर्ष है। भविष्य में यह 125 वर्ष हो सकती है। हमारे लिए यह बाद के वर्षों हेतु अपना दृष्टिकोण बदलने का समय है। हम अधिक दिनों तक इस धारणा को स्वीकार नहीं कर सकते कि हम अनिवार्यत: बीमार होंगे और अकेले तथा भयभीत होकर मर जाएँगे। समय आ गया है कि हम नर्सिंग होमों को चलन से बाहर करें और अपने स्वास्थ्य की जिम्मेदारी उठाना स्वयं सीखें। हम अपने विचारों पर नियंत्रण करें और ऐसे व्यापक समय की सृष्टि करें, जो किसी अन्य पीढ़ी की अपेक्षा अधिक बड़ा हो। मैं अपने आपको उपयोगी, वी.सी., स्वस्थ, पूर्णतया जीवंत एवं अंतिम समय तक योगदान करते देखती हूँ। अपनी आयु के साथ मैं संतुष्ट हूँ। जब मैं अपने अतीत के वर्षों में झाँकती हूँ तो स्वयं को उत्कृष्टता के वटवृक्ष के रूप में देखती हूँ। मैं अग्रणी बनकर अन्य लोगों का मार्गदर्शन करूँगी और उन्हें सिखाऊँगी कि हर उम्र में पूर्णतया जीवंत कैसे रहें। हम सब में अपने समाज के प्रति योगदान करने और दुनिया को अपने पौत्रों-प्रपौत्रों हेतु रहने लायक उत्तम स्थान बनाने की योग्यता है।

अच्छी आमदनी हेतु मुझे कड़ी मेहनत करने की जरूरत नहीं

रोजगार

मैं सकारात्मक विचारों का प्रयोग करती हूँ

जैसे मैं अपनी उच्चतर शक्ति का उपयोग करती हूँ, वैसे ही मेरी उच्चतर शक्ति मेरा उपयोग करती है। मेरी आंतरिक भावना कितनी अद्भुत, मेधावी, कोमल, सुदृढ एवं सुंदर ऊर्जा है। वह मेरा कार्य पूर्ण होने की दुआ करती है। जब मैं अपने जीवन-संघर्ष की यात्रा पर निकलती हूँ तो प्रत्येक दिन मुझे नया एवं भिन्न लगता है। मुझे लगता है कि मैं भोजन किए, कपड़ा पहने, अच्छे घर में हूँ और मुझे गहराई तक सुख देने वाला प्यार मिल रहा है। मैं नौकरी में अधिक श्रम किए बिना पैसा कमाना अपने और अन्य लोगों के लिए उचित मानती हूँ। मैं बिना मेहनत और अधिक भाग-दौड़ किए अच्छा धन कमाने के मामले में भाग्यशाली हूँ। मैं अपने प्रत्येक कार्य में अपनी अंतरात्मा की आवाज सुनती हूँ और उच्चतम नैसर्गिक गुणों का अनुसरण करती हूँ।

स्वयं से प्रेम करने से
आपको अतिरिक्त ऊर्जा प्राप्त
होती है, जो कठिन परिस्थितियों
में अधिक तेजी से काम करने
हेतु आवश्यक है

ऊर्जा

मैं ऊर्जा हूँ

मैं उन कार्यों के माध्यम से अपनी ऊर्जा अवमुक्त करती हूँ, जो मुझे आनंदित करते हैं। चूँकि मैं अपने जीवन में प्यार की ऊर्जा को गंभीरतापूर्वक स्वीकार करती हूँ, इसलिए मैं अपनी उन पुरानी कुंठाओं को त्याग देती हूँ, जिनके कारण मुझे शर्मिंदगी उठानी पड़ती है। थका हुआ महसूस करने के बाद मैं आराम करती हूँ। जब-तब मैं पूरी तरह निठल्ली बैठी रहती हूँ। मेरी ऊर्जा आज प्रदीप्त एवं शांत है। हँसना, गाना एवं नृत्य करना मेरी स्वाभाविक, सामान्य एवं स्वत:स्फूर्त अभिव्यक्तियाँ हैं। मुझे ज्ञात है कि मैं दैवी योजना का अंग हूँ। मैं लगातार अंकुरित होने, जड़ पकड़ने तथा आगे बढ़ने के लिए अपने भीतर स्नेहिल, आशावादी एवं खुशगवार गतिविधियों हेतु स्थान बना रही हूँ। अपने सकारात्मक रवैए से मैं उनका पोषण करती हूँ।

मैं हरेक चीज को प्यार से देखती हूँ

प्रबोधन

ज्ञानोदय हेतु मैं दिन में चौबीस घंटे काम करती हूँ

प्यार हेतु जागरण मेरी दैनंदिन प्रात:कालिक क्रिया है। अपने मन पर जोर देकर मैं यह दिखाने का प्रयास करती हूँ, जैसे मैं यहाँ और इस हाल में पहले से ही सही, समग्र एवं परिपूर्ण हूँ। मेरा हृदय सभी अच्छाइयों का स्वागत करने हेतु खुला है, क्योंकि मेरी आवश्यकताओं की पूर्ति मेरे मन में भूख और तनाव बढ़ाती है और मैं जानती हूँ कि जिस हरेक चीज की मुझे आवश्यकता और इच्छा है, वह मेरे पास सही समय और स्थान पर आ जाती है। मैं बड़ी शांतिपूर्वक महसूस करती हूँ कि ईश्वर मेरे साथ है। जब मैं अपनी चेतना का अपनी आत्मा से तालमेल बैठाती हूँ तो मैं सभी प्रकार के अनुभवों के माध्यम से आविष्कारी मनोवृत्ति के साथ प्रवाहित होने लगती हूँ।

दूसरों की
खुशकिस्मती के लिए
दुआ करो और जानो कि
यह सबके लिए
प्रचुर मात्रा में उपलब्ध है

सभी के लिए पर्याप्त

अन्य लोगों की समृद्धि मेरी अपनी प्रचुरता का दर्पण है

मेरी चेतना मेरी समृद्धि का निर्धारण करती है। एक अनंत बुद्धि सदैव मुझे 'हाँ' कहती है और सभी अच्छाइयों के लिए मैं 'हाँ' कहती हूँ। न्यूयॉर्क शहर के प्रसिद्ध पादरी आदरणीय आइके जब गरीब धर्मोपदेशक थे तो उन्होंने एक बार उत्तम रेस्तराओं, प्यारे भवनों तथा खूबसूरत ऑटोमोबाइल्स के बीच से गुजरते हुए उन्हें देखकर बड़ी ऊँची आवाज में कहा था, "यह मेरा है", "यह मेरा है।" जब मैं कहीं प्रचुरता देखती हूँ तो अत्यंत आनंदित होती हूँ और अपने जीवन में उनके लिए जगह बनाती हूँ। अपनी समृद्धि के प्रति कृतज्ञता ज्ञापित करने से उसमें और भी वृद्धि होती है। मेधाओं, योग्यताओं एवं उत्तम स्वास्थ्य के मामले में भी यह प्रवृत्ति कारगर है। मैं हर जगह समृद्धि को पहचानती हूँ और उसे देखकर आनंदित होती हूँ।

अपने क्षितिज में
विस्तार करके
मैं अपनी सीमाओं को
सरलता से ध्वस्त कर
देती हूँ

क्षितिज का विस्तार

जीवन स्वतंत्र एवं सरल है

हम अपने चिंतन के क्षितिज का कितनी दूर तक विस्तार करने के इच्छुक हैं? आप देखेंगे कि जीवन सचमुच स्वतंत्र और सरल है। यह हमारी सोच है, जो कठिन, सीमित, शर्मीली और अपर्याप्त है। यदि हम अपनी सीमित-संकुचित सोच को अनदेखा करके कुछ नया सीखें तो हम विकास एवं परिवर्तन कर सकते हैं, या कि यह सब हम पहले से ही जानते हैं? सबकुछ जानने की प्रवृत्ति के साथ दिक्कत यह है कि आप उससे आगे नहीं बढ़ना चाहते, इससे कोई नई चीज आपके अंदर प्रवेश नहीं कर पाएगी। क्या आप सचमुच स्वीकार करते हैं कि कोई बड़ी शक्ति अथवा बुद्धि है, जो आपसे बड़ी है अथवा क्या आप सोचते हैं कि सबकुछ आप ही हैं? ध्यान दीजिए, यदि आप सोचते हैं कि आप ही सबकुछ हैं तो आप वास्तव में भयभीत हैं। यदि आप स्वीकार करते हैं कि इस ब्रह्मांड में एक ऐसी शक्ति और बुद्धि है, जो आपसे बड़ी और तेज है और वह आपके पक्ष में है तो उस मानसिक अवस्था को प्राप्त कर लेंगे, जिसमें जीवन स्वतंत्रता एवं सरलतापूर्वक काम कर सकता है।

शर्तहीन प्यार ही वास्तविक और इच्छारहित प्यार है

उम्मीदें

आप जो हैं, केवल वही बने रहें

वर्तमान में मैं ठीक उसी रूप में स्वयं से प्यार करती हूँ, जिस रूप में इस क्षण हूँ। ऐसा करते समय मैं महसूस करती हूँ कि मेरा पेट शांत है और मैं अपने गले तथा पीठ की मांसपेशियों को सौम्यता से स्वयं को संयत होते महसूस करती हूँ। मैं अपने आपको यह मानकर प्यार और स्वीकार करने से रोकती रही कि जब तक मेरा भार कम नहीं हो जाता या नौकरी नहीं मिल जाती, तब तक मुझे इंतजार करना चाहिए। हुआ यह कि जब मेरा वजन कम हो गया और नौकरी मिल गई तो भी मैं स्वयं से प्यार करने की बजाय केवल दूसरी सूची बनाती रहा। आज मैं अपनी अपेक्षाओं की सूची को त्यागती हूँ! यह क्षण अतुल्य रूप से शक्तिशाली है। अब मैं केवल यह जानने का आनंद महसूस कर रही हूँ कि मैं जो हूँ, वही रहूँ।

इस जीवन में
मुझे श्रेष्ठ
माता-पिता
मिले

परिवार

सभी जीवधारी मेरे परिवार का अंग हैं

मैं अपने समूचे परिवार, जो जीवित हैं, उन्हें और जो मृत हैं, उन्हें भी प्यार के वृत्त में आवृत्त करती हूँ। मैं हम सबके लिए अद्‌भुत, सार्थक और सौहार्दपूर्ण अनुभवों की अभिपुष्टि करती हूँ। मैं हम सबको एक साथ लाने वाले शर्तहीन प्यार की बहुमूल्य दुनिया का एक अंग होने के लिए स्वयं को अत्यंत सौभाग्यशाली महसूस करती हूँ। हमारे पूर्वजों ने अपने सर्वोत्तम ज्ञान एवं बुद्धिमानी के साथ अपने युग में जो कुछ वे कर सकते थे, उसे अपनी पूरी क्षमता से किया, फिर भी जो बच्चे उस समय नहीं जनमे थे, उन्हें अपने ज्ञान एवं समझदारी के अनुसार नई चुनौतियों का सामना करना पड़ेगा। मैं अपने लक्ष्य को अधिक स्पष्टता से देखती हूँ, जिसका अर्थ यह है कि मैं अपनी पुरानी रूढ़ियों को तोड़कर ईश्वरीय प्यार के साथ जागरूक होती हूँ। मेरे लिए पारिवारिक सम्मेलन सहिष्णुता और करुणा का अभ्यास करने के अवसर हैं।

मैं इस ब्रह्मांड में
हर जगह पूर्णतया सुरक्षित
महसूस करती हूँ

डर

मैं सुरक्षित हूँ

हमारे पास किसी भी क्षण प्यार अथवा भय के चयन का अवसर है। भय के क्षणों में मैं सूर्य का स्मरण करती हूँ। यद्यपि कुछ समय के लिए मेघ उसे आच्छादित कर लेते हैं, फिर भी वह सदैव प्रकाशमान रहता है। सूर्य की भाँति एक अनंत शक्ति है, जो सर्वदा हमारे ऊपर अपना प्रकाश उड़ेलती रहती है, यद्यपि नकारात्मक सोच के बादल क्षणिक तौर पर उसे रोक सकते हैं। मैं प्रकाश को स्मरण करना पसंद करती हूँ और रोशनी में स्वयं को सुरक्षित महसूस करती हूँ। मेरे समक्ष जब भय का वातावरण उत्पन्न होता है, तो मैं उसे आकाश में गुजरते बादलों के रूप में देखती हूँ और उन्हें उनके मार्ग पर जाने देती हूँ और भयभीत नहीं होती हूँ। हर समय सुरक्षा और निगरानी के बिना भी मैं अपने जीवन को सुरक्षित महसूस करती हूँ। मैं जानती हूँ कि हम अपने दिलों में जो करते हैं, वह अत्यंत महत्त्वपूर्ण है, इसलिए मैं अपने दिन की शुरुआत अपने हृदय के साथ मूक संबंध जोड़कर करती हूँ। जब मैं भयभीत होती हूँ तो अपना दिल खोल देती हूँ और प्यार को भय का नाश करने का अवसर देती हूँ।

न मैं खो सकती हूँ
या अकेला हो सकती हूँ
अथवा
त्यागी जा सकती हूँ,
क्योंकि मैं दैवी बुद्धि में
रहती हूँ

खोया हुआ महसूस

वहाँ केवल एक बुद्धि है

जब मैं गुम हुई अथवा अपनी किसी जरूरी चीज को खोया हुआ महसूस करती हूँ तो अपने व्यथित करनेवाले विचारों को त्यागकर अपनी आंतरिक बुद्धि की शरण में चली जाती हूँ, जिसे ज्ञात है कि दैवी मन में कोई चीज कभी खो नहीं सकती। यह बुद्धि सर्वव्यापी और मेरे इर्द-गिर्द हरेक चीज में है। यह उसमें भी है, जिसे मैं खोज रही हूँ। वह मेरे अंदर यहाँ और इस समय विद्यमान है। मेरा दृढ विश्वास है कि वही एकमात्र बुद्धि, जिसे मैं खोज रही हूँ, मुझे सही समय, स्थान पर अपने साथ ले जा रही है। मैं कभी कहीं फँसती नहीं। दिन भर में कई बार मैं अपनी सीमित पहचान से मुक्त होती हूँ और स्वयं को स्मरण कराती हूँ कि मैं वास्तव में कौन हूँ—एक प्यारी और अनंत बुद्धि द्वारा रचित जीवन की एक ईश्वरीय अद्भुत अभिव्यक्ति हूँ। सब ठीक है।

अपने चयनित,
चिंतनीय विचारों द्वारा
अपनी भावनाओं की रचना हम
स्वयं करते हैं। हमारे पास भिन्न
चाहतों एवं भिन्न अनुभवों के
सृजन की योग्यता है

भावनाएँ

भावनाएँ हमारे शरीरों में गतिमान विचार हैं

हम जिसे महसूस कर सकते हैं, उसे कर भी सकते हैं, इसलिए हमें स्वयं को अपनी भावनाओं को महसूस करने का अवसर देना चाहिए। अतः अनेक लोग अपनी भावनाओं पर नियंत्रण रखते हैं। वे महसूस करते हैं कि उन्हें क्रोधित नहीं होना चाहिए, फिर भी वे क्रुद्ध होते हैं। वे अपनी भावनाओं से निपटने का उपाय खोज रहे हैं। अपनी भावनाओं को व्यक्त करने के अनेक सुरक्षित उपाय हैं। आप तकिए पर मुक्का मार सकते हैं अथवा कार में चीख सकते हैं, दौड़ लगा सकते हैं और टेनिस खेल सकते हैं। आप जिस व्यक्ति से रुष्ट, व्यथित अथवा भयभीत हैं, उसे नेपथ्य में रख दर्पण के समक्ष खड़े होकर गरमागरम काल्पनिक वाद-विवाद कर सकते हैं। इन लोगों के अपने समक्ष खड़े होने की कल्पना कीजिए। दर्पण में देखिए और उन्हें बताइए कि आप वास्तव में कैसा महसूस करते हैं। अपने अंदर की सारी भड़ास निकाल दीजिए और फिर थोड़ा शांत होते हुए कहिए, "ठीक है, इस बार मैं तुम्हें छोड़ रहा हूँ। अब मैं अपने मन के बारे में क्या मानूँ, जिसने ऐसी स्थिति उत्पन्न की और मैं अपने किस सोच को बदल सकता हूँ, जिससे मुझे हर समय क्रोधित न होना पड़े? यह जीवित होने का अमूल्य समय है। चूँकि आप अपने जीवन के माध्यम से अपना सबक सीख रहे हैं, इसलिए अपने आप पर काबू रखें और सौम्य रहें।

मैं वित्तीय रूप से मजे में हूँ

अर्थव्यवस्था

मैं अर्थव्यवस्था से परे चली जाती हूँ

मैं अपनी आय को लगातार बढ़ने देती हूँ, मुझे इससे कोई फर्क नहीं पड़ता कि अखबार और अर्थशास्त्री क्या कहते हैं। मैं अपनी वर्तमान आय और आर्थिक भविष्यवाणी से आगे बढ़ती हूँ। मैं ऐसे लोगों की बात को अनसुना कर देती हूँ, जो मुझसे पूछते हैं कि अभी मैं कितनी दूर जा सकती हूँ अथवा मैं और क्या कर सकती हूँ। मैं अपने पेरेंट्स की आय के स्तर से आसानी से आगे निकल जाती हूँ। मेरी वित्तीय चेतना लगातार बढ़ती और नए नुस्खे आजमाती रहती है, ताकि मैं जीवन को गहराई, अमीरी, सुगमता एवं सुंदरता से जीने के नए तरीके खोज सकूँ। मेरी प्रतिभा एवं योग्यता पर्याप्त अच्छी है और दुनिया के साथ उसे साझा करना मुझे अत्यंत खुशगवार लगता है। मैं ऐसी किसी भावना से परे चली जाती हूँ कि मैं काबिल नहीं हूँ और मैं वित्तीय सुरक्षा की स्वीकार्यता के बिल्कुल नए स्तर की ओर बढ़ जाती हूँ।

अपनी दुनिया
बनाने हेतु मुझे
केवल प्यार की
जरूरत है

इसे ठीक करना

स्वयं से प्यार करना ही मेरी जादू की छड़ी है

रोजाना शीशे में अपनी आँखों में देखकर मेरे लिए यह कहना आसान हो जाता है कि "तुम जैसी भी हो, मैं तुमसे प्यार करती हूँ।" मेरा जीवन निर्बाध गति से सुधरता रहता है। पहले मैं एक निर्णायक व्यक्ति मानी जाती थी। मैं अपने संबंधों को निर्धारित कर सकती थी, अपना बैंक खाता निर्धारित कर सकती थी, मैं अपने मामलों को अपने मालिक, स्वास्थ्य और रचनात्मकता के साथ निर्धारित कर सकती थी। फिर एक दिन मैंने एक जादू का पता लगा लिया। यदि मैं अपने जीवन और उसके प्रत्येक अंग से प्यार करूँ तो मेरे जीवन में जबरदस्त चमत्कार हो सकता है। मेरी समस्याएँ खत्म होती दिखाई देंगी और कुछ भी निर्धारित करने के लिए शेष नहीं रहेगा। अत: मेरी चेतना का केंद्र समस्याओं को सुलझाने से परिवर्तित होकर स्वयं से प्यार करने और मेरे लिए जरूरी तथा इच्छित हर चीज उपलब्ध करा सकनेवाले ब्रह्मांड के विश्वास पर केंद्रित हो गया।

भोजन मेरा उत्तम मित्र है।
अपना जीवन देकर
मेरा पोषण करने हेतु
मैं उसे धन्यवाद
देती हूँ

भोजन

मुझे अच्छा भोजन करना प्रिय है

चाहे मैं घर में हूँ, किसी रेस्तराँ में हूँ, किसी शिविर में हूँ, पैदल लंबी यात्रा पर हूँ अथवा दफ्तर में अपना लंच कर रही हूँ, पोषणयुक्त और अत्यंत संतोषप्रद भोजन करना मुझे प्रिय है। मैं स्वयं से प्यार करती हूँ, इसलिए मैं अपने मुँह में कुछ भी डालने से पूर्व उससे परिचित होना पसंद करती हूँ, ताकि मैं यह जान सकूँ कि इसका स्वाद मुझे कैसा महसूस होगा। भोजन द्वारा मैं अपने शरीर में उसे ऊर्जावान बनानेवाला ईंधन डालती हूँ। हर आदमी अलग है, क्योंकि मैं आपके शरीर से परिचित नहीं हूँ, इसलिए खाने के मामले में आपको कोई राय नहीं दे सकती। ऐसा ईंधन खोजने का प्रयास करें, जो आपके शरीर को अधिकतम स्वास्थ्य एवं ऊर्जा प्रदान करे। फास्ट फूड कभी-कभार मजेदार हो सकते हैं, परंतु ऐसे अनेक लोग हैं, जो आमतौर पर कोला, केक और न्यूनतम पोषणवाले संसाधित सुविधाजनक भोजन पर आश्रित रहते हैं। उत्तम पोषाहार के विषय में आधारित ज्ञान रोचक एवं ऊर्जान्वित करने योग्य है। मुझे खाना बनाना और स्वादिष्ट, स्वास्थ्यप्रद तथा प्राकृतिक भोजन करना अच्छा लगता है।

क्षमाशीलता ऐसा
आरोग्यकर औजार है,
जिसे मैं सर्वत्र
अपने साथ ले
जाती हूँ

क्षमा

मैं क्षमा करना चाहती हूँ

जब मैं आलोचना, भय, अपराध-बोध, क्रोध एवं शर्म का भारी लबादा उतार फेंकती हूँ तो मुझे मुक्ति की भावना महसूस होती है। तब मैं खुद को और अन्य लोगों को क्षमा कर सकती हूँ। यह हम सबको आजाद करती है। मैं अपने आस-पास सभी पुराने विवादास्पद मुद्दों को भूलने की इच्छुक हूँ। मैं अब एक पल भी अतीत में जीना नहीं चाहती। मैं उन पुराने बोझों को लंबे समय तक ढोने के लिए खुद को माफ करती हूँ। अपने और दूसरों के साथ प्यार करने की विधि की अनभिज्ञता हेतु मैं स्वयं को क्षमा करती हूँ। अपने निजी व्यवहार के लिए प्रत्येक व्यक्ति स्वयं उत्तरदायी है, वह जैसा व्यवहार करेगा, जीवन उन्हें वैसा ही वापस लौटा देगा। अतः मुझे किसी को सजा देने की आवश्यकता नहीं है। मेरे सहित हम सभी अपनी व्यक्तिगत चेतना के नियमों से बँधे हुए हैं। अपने मन के अक्षमाशील अंगों को साफ करना मेरा निजी मामला है और मैं अपने अंदर प्यार को प्रवेश करने की अनुमति देती हूँ। इसके पश्चात् मैं स्वस्थ हो जाती हूँ।

मैं नवीन एवं भिन्न,
अधिक सहायक
एवं
पोषक विकल्प तैयार
करती हूँ

चुनने की आजादी

मेरे पास सदैव अपने विचारों के चयन की स्वतंत्रता होती है

किसी व्यक्ति, स्थान अथवा वस्तु का, जब तक मैं उसे दूँ नहीं, मुझ पर कोई अधिकार नहीं है; क्योंकि अपने मन में मैं अकेली चिंतक हूँ। मेरे पास अपनी मर्जी से सोचने, शिकायत करने की बजाय जीवन को सकारात्मक रूप से देखने अथवा अपने तथा अन्य लोगों पर पागलों की तरह चीखने-चिल्लाने की विशाल शक्ति है। अपने पास किसी चीज की कमी होने की शिकायत करना किसी स्थिति से निपटने का एक तरीका हो सकता है, परंतु इससे कुछ बदलनेवाला नहीं। जब मैं स्वयं से प्यार करती हूँ और खुद को किसी नकारात्मक स्थिति के मध्य फँसा पाती हूँ तो कुछ इस तरह कह सकती हूँ, "मैं इस स्थिति की उत्पत्ति में योगदान करनेवाली अपनी चेतना के रवैए को छोड़ने की इच्छुक हूँ।" हम सबने अतीत में नकारात्मक विकल्प तैयार किए। फिर भी इसका यह अर्थ कदापि नहीं है कि हम बुरे लोग हैं अथवा हम इन नकारात्मक विकल्पों से चिपके हुए हैं। हम पुरानी परिपाटियों को त्यागने की राह सदैव चुन सकते हैं।

मैं जिंदगी को
खुशी से देती हूँ
और
जिंदगी मुझे प्यार से
लौटाती है

देना और पाना

मैं उपहारों का आदान-प्रदान शालीनतापूर्वक करती हूँ

सराहना एवं स्वीकृति दिन के प्रत्येक क्षण में चमत्कारों हेतु शक्तिशाली चुंबक की तरह काम करते हैं। यदि कोई मुझे शुभकामनाएँ देता है तो मैं मुसकराती हूँ और उसे धन्यवाद देती हूँ। शुभकामनाएँ समृद्धि का उपहार हैं। मैंने उन्हें शालीनतापूर्वक स्वीकार करना सीखा है। 'आज' जीवन से प्राप्त एक पुनीत उपहार है। ब्रह्मांड इस दिन मुझे समृद्धि का जो उपहार देगा, उसे मैं अपनी दोनों बाँहें फैलाकर समेट लूँगी। दिवस अथवा रात्रि के किसी भी समय मैं उसे अंदर आने दूँगी। मैं जानती हूँ कि जीवन में कई बार ऐसे अवसर आते हैं, जब ब्रह्मांड हमें कुछ देता है और हम इस स्थिति में नहीं होते कि वापस देने के विषय में कुछ कर सकें। मैं ऐसे अनेक लोगों को जानती हूँ, जिन्होंने वास्तव में ऐसे नाजुक समय में मेरी सहायता की, जब मेरे पास उसके बदले उन्हें कुछ वापस लौटाने का कोई विकल्प भी नहीं था, बाद में मैं दूसरों की सहायता करने योग्य हो गई और इसी आदान-प्रदान की रीति से जिंदगी चलने लगी। अब मैं यहाँ प्रचुरता में उपलब्ध शांति का आनंद लेती हूँ।

मेरा लक्ष्य कल की
अपेक्षा आज स्वयं से
अधिक प्यार
करना है

मेरा लक्ष्य प्रत्येक वर्तमान क्षण को प्यार में जीना है

मैं बाजार जाऊँ या ऑफिस, दुनिया की सैर करूँ या केवल अपने घर में रहूँ, मैं अपने प्रत्येक दैनिक कार्यक्रम को प्यार से ओत–प्रोत रखती हूँ। हमारे जीवन के समस्त उद्‌देश्यों में से एक उद्‌देश्य दुनिया को स्वस्थ बनाने में सहायता करना है। अत: इसकी शुरुआत हम अपने आप से करते हैं। हमारी दुनिया का केंद्र वहीं है, जहाँ हम हैं। हमारे विचार तालाब की लहर की तरह हमसे बाहर जाते हैं। हम सौहार्दपूर्ण चिंतन के माध्यम से अपने मन में सौहार्द का सृजन करते हैं तो उसकी ऊर्जा हमसे निस्सरित होकर लोगों, स्थानों और वस्तुओं का स्पर्श करते हुए दुनिया भर में फैल जाती है। इन कंपनों को महसूस एवं अनुक्रिया करने की आवश्यकता है। आइए, हम दुनिया में प्यार एवं सौहार्द का प्रसार करें।

ईश्वर की
निजी प्यारी संकल्पना का
चयन मैं स्वयं
करती हूँ

भगवान

एक ही शक्ति ने हम सबको बनाया है

मेरे पास चीजों को उनके वास्तविक रूप में देखने का निर्णय करने की शक्ति है। मैं चीजों को उसी तरह प्यार भरी दृष्टि से देखती हूँ, जैसे भगवान् देखते हैं। चूँकि ईश्वर सार्वभौम, सर्वशक्तिमान एवं सर्वज्ञ है, मैं मानती हूँ कि यदि संपूर्ण ब्रह्मांड में कुछ है तो वह है ईश्वर का प्यार। ईश्वर का प्यार मेरे चारों ओर, मेरे मन में विद्यमान है और मैं जहाँ कहीं भी जाती हूँ, वह मेरी राहों को सुगम बनाता है। मैं ईश्वर की प्रिय संतान हूँ और मेरी देखभाल वह सदैव बड़े प्यार से करता है। किसी भी आवश्यकता के लिए मैं अपनी रचना करनेवाली शक्ति की ओर देखती हूँ। मैं अपने लिए कुछ माँगने के साथ ईश्वर को धन्यवाद देती हूँ, चाहे मेरी इच्छित माँग पूरी हुई हो अथवा नहीं; क्योंकि मुझे मालूम है कि सही समय/स्थान के क्रम में मेरी वांछित वस्तु ईश्वर की कृपा से मेरे पास आ जाएगी।

मैं केवल खुशखबरी देती हूँ

गपशप

मैं एक उत्कृष्ट संचारक हूँ

जब इस बात से मैं भली प्रकार अवगत हो गई कि गपबाजी में शामिल प्रत्येक व्यक्ति को हानि पहुँचती है तो मैंने तत्काल गपशप करना बंद कर दिया और फैसला किया कि अगले तीन हफ्तों तक मैं किसी से कुछ नहीं कहूँगी। अत: मैंने सोचा कि यदि मैं अपने साथियों के विषय में अच्छी बातें करूँगी तो जीवन के नियम के अनुसार वे भी मेरे विषय में अच्छा ही बोलेंगे। इस प्रकार उत्तम विचार मेरे साथ रहेंगे और मैं जहाँ भी जाऊँगी, वहाँ वे मेरा स्वागत करेंगे। अन्य लोगों के बारे में अपनी राय बनाने से पूर्व मैं थोड़ा समय लेती हूँ। मैं तत्परता से उनके साथ इस प्रकार संवाद करती हूँ, जिससे उनका उत्थान हो और उन्हें कुछ प्रेरणा मिले। यह जानते हुए कि मैं जो कुछ दूँगी, वही मुझे वापस मिलेगा, मैं अपने शब्दों का चयन बड़ी सावधानी से करती हूँ। यदि मैं कोई नकारात्मक कहानी सुनती हूँ तो उसे किसी के सामने दोहराती नहीं। हाँ, जब मैं कोई अच्छी (सकारात्मक) कहानी सुनती हूँ तो उसे अपने प्रत्येक प्रियजन को सुनाती हूँ।

मैं अपनी स्वतंत्रता का
मूल्य समझती हूँ,
अतः न किसी को दोष देती हूँ
और न स्वीकार
करती हूँ

अपराध

मैं स्वयं को अपने यथावत् रूप में प्यार एवं स्वीकार करती हूँ

अपराध-बोध से मुक्ति पाने का यह अच्छा उपाय है। बचपन में मैं हेरा-फेरी करके अपने आपको एक अच्छी बच्ची के रूप में पेश करती थी। 'वैसी मत बनो', 'वह मत कहो', 'नहीं, नहीं, नहीं!' धर्म भी लोगों को रास्ते पर लाने के लिए इस युक्ति का प्रयोग करते हुए उनसे कहता है कि यदि वे 'दुर्व्यवहार' करेंगे तो नर्क की आग में जलेंगे। मैं चर्च और उसके अधिकारियों को क्षमा कर देती हूँ। मैं अपने पेरेंट्स (माता-पिता) और स्वयं को क्षमा करती हूँ। हम सभी किसी-न-किसी कारण से 'यह ठीक नहीं है' के बड़े भारी अपराध-बोध से ग्रस्त होकर जीते हैं। यह एकदम नया दिन है। आइए, हम अपनी शक्ति को पुनः प्राप्त करें! इसकी शुरुआत मैं स्वयं को शर्तहीन प्यार एवं स्वीकार करने के रूप में करती हूँ।

मैं ठीक वैसी ही
अद्‌भुत हूँ,
जैसी इस पल हूँ

सिरदर्द

मैं अपने गुणावगुण स्वीकार करती हूँ

जो मानसिक क्रियाएँ सिरदर्द उत्पन्न होने का कारण बनती हैं, उनमें से एक है स्वयं को गलत बनाने की आवश्यकता। अगली बार जब आपको सिरदर्द हो तो आप शायद स्वयं से यह प्रश्न कर सकते हैं, "मैं किस प्रकार अपने आप को गलत बना रहा हूँ ? अभी-अभी मैंने ऐसा क्या किया है, जिसके लिए मुझे नीचा देखना पड़े ?" मैंने अपनी अंतरात्मा की आवाज सुनना सीख लिया है और ज्यों ही मेरे मन में नकारात्मक विचार आकर मुझसे कहते हैं कि मैं ठीक नहीं हूँ या कि मैं कुछ गलत कर रही हूँ, मैं अपने बचपन के पुराने ढर्रे पर लौट जाती हूँ और स्वयं से तथा अपने मन में बैठे नन्हे बच्चे से बड़े प्यार से बातें करना शुरू कर देती हूँ। गंभीर चिंतन करते हुए बैठकर आँसू बहाने की बजाय मैं स्वीकृति के प्रेमपूर्ण विचार से स्वयं को पोषित करती हूँ। जब मुझे लगता है कि कोई चीज मुझे दबा रही है तो मैं उस दबाव से भिन्न तरीके से निपटने का कोई उपाय खोजती हूँ और खुद को सही साबित करती हूँ।

मेरी देह शांत, स्वस्थ
एवं प्रसन्न है और
मैं भी वैसी ही हूँ

चिकित्सा

अच्छा स्वास्थ्य मेरा ईश्वरीय अधिकार है

मैं ब्रह्मांड की समस्त स्वास्थ्यप्रद ऊर्जा का खुले मन से स्वागत करती हूँ। मुझे ज्ञात है कि मेरे शरीर की प्रत्येक कोशिका सक्रिय है और वह खुद को स्वस्थ करना जानती है। मेरा शरीर उत्तम स्वास्थ्य हेतु सदैव सक्रिय रहता है। अब मैं अपने संपूर्ण स्वास्थ्य की राह में आनेवाली सभी रुकावटों को दूर कर देती हूँ। मैं पोषण के बारे में जानकारी प्राप्त कर अपने शरीर को पूर्ण एवं उत्तम भोजन देती हूँ। मैं अपने चिंतन पर ध्यान देती हूँ और अपने मन में केवल उत्तम विचारों को स्थान देती हूँ। मैं घृणा, ईर्ष्या, क्रोध, भय, आत्म-दया, शर्म एवं अपराध-बोध के सभी विचारों को अपने मन से निकाल बाहर करती हूँ। जिन्होंने मुझे कभी दुःखी किया है, मैं उन सबको माफ कर देती हूँ। अतीत में मैं अपने आपसे अधिक प्यार न करने और अन्य लोगों को दुःख पहुँचाने के लिए खुद को क्षमा करती हूँ। मैं अपने शरीर से प्यार करती हूँ। मैं अपने शरीर के प्रत्येक अंग-अस्थियों, मांसपेशियों और अन्य अंगों से प्यार करती हूँ। मैं अपनी कोशिकाओं में प्यार भरती हूँ। अतीत में हमेशा स्वस्थ रहने के लिए मैं अपनी देह के प्रति कृतज्ञ हूँ। मैं आरोग्य एवं उत्तम स्वास्थ्य को अभी इसी समय स्वीकार करती हूँ।

स्वयं एवं अन्य
लोगों से प्यार करके
मैं वह बन जाती हूँ,
जो मुझे वास्तव में
होना चाहिए

सबसे अच्छा

मैं हमेशा अपनी अधिकतम अच्छाई हेतु काम करती हूँ

जिस शक्ति ने मुझे बनाया, उसी शक्ति के साथ मेरा साहचर्य है और यह शक्ति चाहती है कि मैं अपनी अधिकतम अच्छाई को अभिव्यक्त एवं अनुभव करूँ। मैं वास्तव में अपने आप को व्यापक रूप से महत्त्वपूर्ण बनाने के लिए सर्वोत्तम प्रयास करती हूँ और उस पर अपना नियंत्रण रखती हूँ। ऐसा करके मैं वास्तव में स्वयं प्यार करती हूँ। यह मुझे बृहत् संभावनाओं, स्वतंत्रता, खुशी एवं अप्रत्याशित रूप से आश्चर्यजनक दैनिक चमत्कारों की ओर ले जाता है। मेरी अधिकतम अच्छाई में दूसरों की अच्छाई भी शामिल है। सचमुच यह एक प्यार करने योग्य कार्य है।

छुट्टियाँ मेरे लिए उत्सव बन जाती हैं

छुट्टियाँ

हर दिन छुट्‌टी का दिन

धार्मिक एवं सामाजिक छुट्टियाँ मित्रों के साथ मिलकर मनाना एक उत्सव का रूप ले लेता है, जो हमारे जीवन की प्रक्रियाओं को प्रतिबिंबित करता है। प्रत्येक छुट्‌टी के माध्यम से मैं अपनी अंतरात्मा की आवाज सुनती हूँ और मुझे हमेशा इस बात का एहसास रहता है कि मैं सही समय एवं स्थान पर अपने हित में अच्छा काम कर रही हूँ। मैं पार्टियों एवं अवकाश सम्मेलनों का भरपूर मजा लेती हूँ। मुझे इसका भान रहता है कि वह शाम कितनी जिम्मेदारी के साथ सुरक्षित रहते हुए उत्सव के रूप में मनाई जाए। यह हँसने-खेलने एवं अनेक दुआओं के प्रति कृतज्ञ होने का समय है। मैं अपने अंतर्मन में स्थित बच्चे के साथ जुड़ती हूँ और हम दोनों एक साथ मिलकर सिर्फ अपने लिए कुछ करते हैं। जब मैं त्योहारी छुट्टियों के लिए खरीदारी करने जाती हूँ तो अपनी क्षमता के अनुसार अपनी जरूरत की चीजें खरीदती हूँ। मेरे द्वारा दिए जानेवाले उपहारों का हर कोई स्वागत करता है।

मेरा आंतरिक गृह एवं बाह्य गृह शांति एवं सौंदर्य के स्थान हैं

घर

मेरा हृदय मेरा घर है

मैं अपने हृदयरूपी घर में हूँ। मैं जहाँ भी रहती हूँ, अपने हृदय को साथ ले जाती हूँ। जब हम अपने साथ प्यार करना प्रारंभ करते हैं तो अपने लिए शांतिपूर्ण एवं सुरक्षित घर उपलब्ध कराते हैं। हम अपने शरीर को अपने घर के रूप में महसूस करते हैं। हमारे घर हमारे मन एवं हमारे महत्त्व को प्रतिबिंबित करते हैं। यदि आपका घर एक आपदा क्षेत्र है और आप व्यथित महसूस करते हैं तो आप अपने कक्षों के एक कोने से प्रारंभ करें। अपने मन की भाँति एक समय में केवल एक विचार को बदलने से शुरुआत करें। अंततोगत्वा आपका सारा घर व्यवस्थित हो जाएगा। काम करते समय स्वयं को स्मरण कराएँ कि आप अपने मन के कमरों को भी स्वच्छ कर रहे हैं।

मैं अपने मन के
कक्षों को अनवरत स्वच्छ
करती रहती हूँ

गृह व्यवस्था

सामान्य घरेलू कामकाज मेरे लिए ताश खेलने जैसा है

मैं घरेलू काम का मजा लेती हूँ। मैं कहीं से भी प्रारंभ करती हूँ और कमरों के मध्य कलात्मक दृष्टिकोण के साथ विचरण करती हूँ। मैं कूड़े को निकालकर बाहर फेंकती हूँ। कीमती चीजों को झाड़ती-पोंछती हूँ। हम सबका एक विश्वास है और एक आरामदेह अध्ययन कुरसी के समान इन विश्वासों पर हम बार-बार लगातार बने रहते हैं। हमारे विश्वास हमारे अनुभवों का निर्माण करते हैं और उनमें से कुछ उस तकलीफदेह पुरानी कुरसी के समान हो सकते हैं, जिन्हें हम बाहर नहीं फेंकना चाहते हैं। मुझे इस बात का सचमुच ज्ञान है कि मैं पुरानी मान्यताओं को निकाल बाहर कर सकती हूँ और ऐसे नए विश्वासों का चयन कर सकती हूँ, जो उल्लेखनीय रूप से मेरे जीवन की गुणवत्ता में सुधार करते हैं। यह घर की सफाई के समान है। मैं अपने भौतिक घर को समय-समय पर स्वच्छ करती रहती हूँ, अन्यथा एक दिन वह रहने लायक नहीं बचेगा। मुझे कट्टर होने की जरूरत नहीं है। मुझे अपने घर को शारीरिक एवं मानसिक रूप से स्वच्छ करने और सभी कमरों को प्यार से परिपूर्ण करने की आवश्यकता है।

मुझे हँसना प्रिय है

हास्य

मैं अपने विनोद का प्रयोग बुद्धिमानी से करती हूँ

अवचेतन मन को हास्य (विनोद) की कोई समझ नहीं होती। यदि मैं अपना मजाक बनाऊँ या खुद को नीचा दिखाकर केवल यह सोचूँ कि अरे, इसका तो कोई अर्थ नहीं है, मैं तो अपने साथ कोई नादानी कर रही हूँ, मेरा अवचेतन मन उसे स्वीकार कर लेता है और उसी के अनुसार बन जाता है। यदि मैं दूसरों के बारे में ओछे एवं अनैतिक मजाक करूँ तो मैं उसी नियम का पालन करती दिखाई दूँगी कि "मैं जो कुछ दूसरों को दूँगी, वही पलटकर मुझे वापस मिलेगा।" इसलिए मैं अपने विनोद का प्रेमपूर्वक एवं चतुराई से प्रयोग करती हूँ। जीवन में इतना अधिक हास्य है कि यह जरूरी नहीं कि उसका उपयोग किसी व्यक्ति अथवा समूह को कलंकित या व्यथित करने हेतु किया जाए। यद्यपि मजाक करके भी हम दुनिया को अधिक प्यारा एवं रहने लायक सुरक्षित स्थान बनाने में मदद कर रहे हैं।

मैं अपने संसाधनों
एवं ज्ञान को जीवन में
सबके साथ
बाँटती हूँ

भूख

हमारी जरूरत की हर चीज यहाँ है

मैं भूख, गरीबी और पीड़ा के पुराने द्वारों को बंद होते देखती हूँ और सभी संसाधनों के उचित वितरण के नए दरवाजे खुलते देखती हूँ। इस ग्रह पर हरेक के लिए सामान्यतया पर्याप्त आहार प्रचुर मात्रा में उपलब्ध है। इसके बावजूद कुछ लोग भूख का सामना कर रहे हैं। समस्या अन्न की कमी की नहीं, बल्कि प्यार की कमी की है। यह ऐसी मानसिकता है, जो अभाव में विश्वास करती है और इसके साथ लोगों की यह सोच भी जुड़ी हुई है कि वे जीवन में कुछ अच्छा पाने के योग्य नहीं हैं। हमें इस ग्रह के सभी निवासियों की चेतना बढ़ाने में सहायता करनी होगी। एक बार उनके अंदर कुछ पाने की भावना जाग्रत् हो जाएगी तो कल उन्हें फिर भूख लगेगी। एक बार किसी को यदि मछली पकड़ना सिखा दिया जाए तो अपने शेष जीवन में अपना भरण-पोषण करना सीख जाएगा।

मेरे विचार मेरी प्रतिरक्षा प्रणाली को सहयोग एवं समर्थन देते हैं

प्रतिरक्षा प्रणाली

मेरा शरीर चुस्त है

मेरे लिए स्वयं से बिना शर्त प्यार करना प्रतिदिन सरल एवं सहज होता जा रहा है। मेरा मानना है कि मेरे लिए 'चयन' करना मेरी मानसिकता पर निर्भर है। क्या मैं यह मानूँ कि जीवन कठिन है और मेरे हिस्से में हमेशा छड़ी का छोटा टुकड़ा ही आता है, अथवा "मैं यह समझूँ कि मैं किसी तरह अच्छी नहीं हूँ, इससे क्या अंतर पड़ता है?" यदि मेरा विश्वास इस राह के साथ-साथ चलता है तो मेरी प्रतिरक्षा प्रणाली (जो मेरे विचारों एवं भावनाओं को दर्ज करती है) क्षीण होगी और समय के साथ रोगाणुओं की शिकार हो जाएगी। बहरहाल, यदि मैं यह समझूँ कि "जीवन एक आनंद है और मैं प्यार किए जाने योग्य हूँ तथा मेरी आवश्यकताएँ हमेशा पूर्ण होती हैं।" तो मेरी प्रतिरक्षा प्रणाली समर्थित महसूस करेगी एवं मेरी देह अधिक आसानी से रोगों से लड़ पाएगी। मेरे कहने का आशय समग्रत: यह है कि अपने मन में सदैव स्वस्थ एवं सकारात्मक विचारों को स्थान दें, क्योंकि ईश्वर ने पृथ्वी पर सोचने-समझने की शक्ति केवल मनुष्य को ही प्रदान की है।

आंतरिक श्रम
सदैव हमारे जीवन की
गुणवत्ता को
सुधारता है

सुधार

मैं रोजाना एक नया विचार सुनती हूँ, जो मेरे जीवन की गुणवत्ता सुधारेगा

मैं आश्चर्यजनक रूप से मान्यताओं के जटिल ढाँचेवाली एक सामान्य मानव मात्र हूँ। मैं अपने प्रत्येक निजी मामले में अपनी छवियों के पार्श्व में प्यार की तलाश करना सीख रही हूँ। ज्यों ही मैं कुछ सीखती, बढ़ती एवं बदलती हूँ, स्वयं के प्रति दयालु एवं शांत हो जाती हूँ। जब मैं आंतरिक स्तर पर अपने प्रति शांति स्थापित करती हूँ तो जीवन प्रवाह अधिक सरल दिखाई देने लगता है। यह जानना महत्त्वपूर्ण है कि मैं स्वयं को एक अभद्र प्राणी के रूप में देखे बिना भी बदलाव ला सकती हूँ। क्योंकि बहुत लंबी अवधि तक मैं महसूस करती रही कि परिवर्तन के मामले में मैं बुरी और असफल हो सकती हूँ। मैंने सोचा कि परिवर्तन लाने के मामले में यह आवश्यक था, परंतु ऐसा नहीं है। यह तो परिवर्तन को अत्यंत कठिन बनाता है। जब मैं स्नेहपूर्ण स्वीकारोक्ति के साथ शुरू करती हूँ तो मैं अपने अंदर जो सकारात्मक बदलाव लाना चाहती हूँ, वह अत्यंत सरल हो जाता है। अंततोगत्वा सुधार प्राकृतिक है।

मेरा बढ़ता वित्तीय स्तर
आय के विषय में
मेरे बदलते विश्वासों को
प्रतिबिंबित करता है

आय

मैं अपनी आय को स्नेहाशीष देती हूँ और उसे बढ़ते देखती हूँ

मेरी आय मेरे लिए पर्याप्त, पूर्ण एवं संतोषजनक है। मैं प्रतिदिन स्वयं के प्रति अपने प्यार में थोड़ी वृद्धि करती हूँ और पहले से अधिक प्यार करने लगती हूँ और ऐसा करने से मैं अपनी आय के नए आयाम खुलते देखती हूँ। मेरी समृद्धि मेरे पास अनेक रूपों एवं माध्यमों से आती है। वह सीमित नहीं है। कुछ लोग यह कहते हुए अपनी आय को सीमित कर देते हैं कि वे सीमित आय में जीवनयापन कर सकते हैं, परंतु इसे सीमित किसने किया? कुछ लोग महसूस करते हैं कि वे अपने पिता की आय से अधिक आय अर्जित करने के योग्य नहीं हैं अथवा वे अपने पेरेंट्स जितने योग्य नहीं हैं अथवा उनसे आगे नहीं जाना चाहते। अच्छी बात है, परंतु मैं अपने पेरेंट्स से प्यार करती हूँ और अब भी उनकी आय के स्तर से आगे निकल जाती हूँ। एक अनंत ब्रह्मांड है और प्रत्येक व्यक्ति जो कुछ अर्जित करता है, वह उसी ब्रह्मांड से आता है। जो आय मैं वर्तमान में अर्जित कर रही हूँ, वह मेरे विश्वासों एवं मेरी योग्यताओं को प्रतिबिंबित करती है। इसका मिलने से कोई लेना-देना नहीं है। यह वास्तव में मुझे स्वीकार करने की अनुमति देती है। मैं अपने लिए आय के स्वस्थ प्रवाह को स्वीकार करती हूँ।

मैं जीवन की
एक वैयक्तिक
अभिव्यंजना हूँ

व्यक्तित्व

मैं दुनिया में एक रोशनी हूँ

मैं अपने आंतरिक सितारे का अनुसरण करती हूँ और अपने अद्‌भुत तरीके से उसे झिलमिलाने और चमकने देती हूँ। मैं अत्यंत मूल्यवान एवं महत्त्वपूर्ण प्राणी हूँ। मेरी आत्मा सुंदर है और मेरा एक बाह्य शरीर एवं व्यक्तित्व है, परंतु मेरी आत्मा मेरा केंद्र है। मेरी आत्मा मेरे अनंत का अंग है। मेरी आत्मा अनेक व्यक्तित्वों पर भारी है और अनेक अन्य पर भारी पड़ सकती है। मेरी आत्मा को घायल अथवा नष्ट नहीं किया जा सकता। उसे अपने जीवन के अनुभवों से केवल समृद्ध किया जा सकता है। जीवन में ऐसा बहुत कुछ है, जिसे मैं उसमें समाविष्ट कर सकती हूँ। मुझे सभी उत्तरों को जानने की आवश्यकता नहीं है, परंतु जीवन की कार्यशैली को समझने का जितना अधिक प्रयास करती हूँ, मुझे प्रयोग करने हेतु उतनी अधिक शक्ति एवं बल प्राप्त होता है।

मैंने पाठों को
सरल एवं रोचक
बनाया है

पाठ

मैं सीखने की इच्छुक हूँ

मैं उस प्यार को खोजना सीख रही हूँ, जो प्रत्येक पाठ में निहित है। हममें से प्रत्येक यहाँ सबक सीखने आया है। मैं अपने विचारों एवं अनुभवों के मध्य संबंधों के विषय में सीखना चाहती हूँ और मैं अपने ज्ञान एवं समझदारी के साथ यथासंभव प्रयास कर रही हूँ। मेरे लिए 'सबक' सीखने का संबंध परिवर्तन की इच्छा से है। मेरी उच्चतर आध्यात्मिक निजता अपरिवर्तनीय एवं शाश्वत है और वह सब, जो वास्तव में परिवर्तित होता है, वह अस्थायी एवं मानवीय है। मुझे यह विश्वास करना सिखाया गया है कि परिवर्तन कठिन है। अब या तो मैं उसे स्वीकार करूँ अथवा परिवर्तन को सरल मानूँ। मैं इसका विरोध कर सकती हूँ, अस्वीकार कर सकती हूँ, क्रोधित हो सकती हूँ और दीवारें खड़ी कर सकती हूँ, परंतु अंततोगत्वा मैं किसी तरह सबक सीख ही जाऊँगी। यह सीखने की इच्छा को प्रबल बनाने में सहायक है।

मेरे जीवन में अब नूतन,
अद्भुत अनुभव
प्रवेश कर रहे हैं,
मैं सुरक्षित हूँ

नुकसान

मैं जीवन में अच्छाई पर ध्यान देती हूँ

मैं जानती हूँ कि अच्छाई प्रति पल हर स्थान पर विद्यमान है; यहाँ तक कि विषम परिस्थितियों में भी कुछ अच्छाई पाई जा सकती है। नौकरी छूटने अथवा किसी प्रियजन को खोने या स्वास्थ्य बिगड़ने पर मेरा तीव्रतम भय से कटुतम सामना होता है। ऐसी परिस्थितियों में भय होना साधारण एवं स्वाभाविक है। फिर भी मैं जानती हूँ कि प्रकृति शून्य से घृणा करती है। किसी चीज के लुप्त हो जाने पर कोई अन्य चीज उसका स्थान ले लेती है। अत: मैं यह यह सोचकर गहरी साँस लेती हूँ कि जीवन मेरी प्रत्येक आवश्यकता का ध्यान रखेगा। मैं विश्वास रखना सीख रही हूँ। जिंदगी मुझसे प्यार करती है और कभी मेरा अहित नहीं होने देगी। मेरी अधिकतम भलाई इसी विश्वास के साथ प्रारंभ होती है।

प्यार बाँटने में मुझे खुशी मिलती है

मैं प्यार का प्रफुल्ल अस्तित्व हूँ

मेरे अस्तित्व की गहराई के मध्य प्यार की अनंत आपूर्ति होती है। यह अक्षुण्ण है। इस जीवन में मैं उसका प्रयोग कभी नहीं कर सकती हूँ। अत: मैं कभी उसे बचाने का प्रयास नहीं करती। अपने प्यार को लेकर मैं सदैव उदार होती हूँ। जब मैं अपना प्यार बाँटती हूँ तो वह कई गुना होकर मुझे वापस मिल जाता है। मैं जितना अधिक प्यार देती हूँ, उतना ही अधिक प्यार मुझे वापस मिलता है। मैं इस दुनिया में प्यार बाँटनेवाली बनकर आई हूँ। मैं प्यार से ओत-प्रोत हूँ। अत: मैं अपना संपूर्ण जीवन अपना प्यार बाँटने में लगा दूँगी और जब मैं इस धरती को छोड़ूँगी, तब भी मेरा हृदय प्यार से परिपूर्ण एवं प्रसन्न होगा। मेरे पास अधिक प्यार होगा, तभी तो मैं उसे बाँट सकूँगी। प्यार ही मेरा सबकुछ है। है प्रेम जगत् में सार, बाकी कुछ नहीं।

मैं अपने सभी वित्तीय
मामलों में बुद्धिमानी से
काम लेती हूँ

प्रमुख खरीद

चैतन्य समृद्धि सबके लिए हितकर है

मैं इस बात से आनंदित हूँ कि मैं जीवन के ऐसे मुकाम पर हूँ, जहाँ मैं बड़ी खरीदारी कर सकती हूँ। शांत होकर शॉपिंग के लिए जाना मेरा स्वभाव है। बाजार पहुँचकर मैं उत्तेजित महसूस करती हूँ। चूँकि खरीदारी में बहुत अधिक धन व्यय होता है, इसलिए मैं अपना दिल खोलकर प्यार को प्रवाहित होने देती हूँ। कार जैसी बड़ी चीज, यहाँ तक कि घर खरीदना भी मेरे साथ-साथ सेल्समैन, बैंकवालों, लेखाकारों और इससे जुड़े अन्य सभी लोगों के लिए भी बड़ा सरल कार्य है। हिसाब-किताब भी दुरुस्त है। मैं इस बात को लेकर खुश हूँ कि मैं स्वाभाविक रूप से अपने निजी धन की बड़ी राशि सँभालकर ले जा सकती हूँ। चूँकि मैं अपने हृदय की बात मानकर वर्तमान में जीती हूँ, अतः अपने शरीर की प्रत्येक कोशिका में प्रचुरता को प्रवाहित होने देती हूँ।

मेरा उच्चतम मुझे हेरा-फेरी और अपराध से बचाता है

जोड़-तोड़

मेरा उच्चतम मेरे जीवन का मार्गदर्शन करता है

मैं यहाँ अन्य लोगों को संतुष्ट करने अथवा अपना जीवन उनके तरीके से जीने के लिए नहीं आई हूँ। मैं यहाँ खुद से और अन्य लोगों से शर्तहीन प्यार करना सीखने आई हूँ। कोई भी मेरी अनुमति के बिना मुझसे चालाकी नहीं कर सकता। जब मैं स्वयं नहीं जानती कि मैं कौन हूँ तो मैं किसी अन्य की इच्छानुसार अपनी छवि को लेकर उसकी ओर प्रवृत्त कैसे हो सकती हूँ। अत: मेरी रुचि स्वयं को जानने में है। मैं जानती हूँ कि मुझे किसी के भावनात्मक वातावरण में नहीं ढलना है और न ही मुझे अन्य लोगों को अपने भावनात्मक माहौल में ढलने हेतु फुसलाने की जरूरत है। जब हेरा-फेरी का खेल चल रहा हो तो मुझे अपने अंतर्मन में स्थित शिशु से जुड़कर उसे बार-बार आश्वस्त करना चाहिए कि मैं उससे प्यार करती हूँ। मैं अपने उच्चतम से अभी संपर्क करूँगी और उसके प्यार एवं बुद्धिमानी को स्वीकार करूँगी।

मैं अपनी ध्यान-साधना से प्यार करती हूँ

ध्यान

मेरी वांछित बुद्धिमानी मेरे भीतर है

मैं दिन में कम–से–कम एक बार शांत होकर बैठती हूँ और अपने अंदर सदैव स्थित बुद्धि एवं ज्ञान से साक्षात्कार करती हूँ। यह बुद्धि एवं ज्ञान केवल एक साँस की दूरी पर है। मेरी सभी जिज्ञासाओं के उत्तर वहाँ हर समय उपलब्ध होते हैं। ध्यान साधना मुझे आनंदित करती है। मैं शांत बैठकर कुछ गहरी साँसें लेती हूँ तत्पश्चात् क्षणिक विश्राम करती हूँ और मुझे आंतरिक शांति प्राप्त हो जाती है। मैं कुछ ही पलों में तरोताजा होकर वर्तमान में लौट आती हूँ और अपने दैनिक कार्यों में लग जाती हूँ। मेरा प्रत्येक दिन मेरे लिए आनंदपूर्ण एवं एक खोज जैसा होता है, क्योंकि मैं अपनी अंतरात्मा की आवाज सुनती हूँ। मेरी आंतरिक बुद्धिमत्ता मेरे लिए सदैव उपलब्ध होती है। यह बुद्धिमत्ता समय, स्थान एवं परिवर्तन रूपी ब्रह्मांड का सार है। जब मैं ध्यान करती हूँ तो मैं अपने अपरिवर्तनीय निजात्म से गहराई से जुड़ जाती हूँ। उससे जुड़कर मैं ऊर्जा एवं प्रकाश बन जाती हूँ। अंतरात्मा में पहुँच जाने के पश्चात् मैं सभी प्रश्नों के उत्तर प्राप्त कर लेती हूँ और शाश्वत अस्तित्व बन जाती हूँ।

आर्थिक क्षेत्र में मैं सदैव समृद्ध हूँ

पैसा

पैसा मुझसे प्यार करता है और प्यारे पिल्ले की भाँति मेरे पास चला आता है

पैसा मात्र लेन-देन का एक जरिया है। यह आदान-प्रदान का एक रूप है। मैं जब जीवन को कुछ देती हूँ तो जीवन मुझे पैसे सहित सभी चीजें बड़े पैमाने पर वापस दे देता है। आर्थिक रूप से मैं सदा सुरक्षित रहती हूँ। मुझे प्राप्त होनेवाले धन को सँभालने में मुझे खुशी मिलती है। मैं थोड़ा खर्च करती हूँ और थोड़ा बचाती हूँ। मैं ऋणी, दोषी होने अथवा निर्धनताजन्य सोच की किसी अन्य भावना को समाप्त कर देती हूँ। मेरे पास हमेशा पर्याप्त धन रहता है। उधार लेना मेरे लिए सरल है। मैं अपने बिलों का प्रेम से भुगतान करती हूँ और अपने आय के सच्चे स्रोत को स्वीकार करती हूँ।

धन मेरे सर्वोत्तम मित्रों में से एक हो सकता है

पैसों की चिंता

धन सरलतम प्रदर्शनीय वस्तुओं में से एक है

यह उक्ति सामान्यतया हमें रुष्ट कर देती है, खासतौर से तब, जब हम आर्थिक चिंताओं से घिरे हों। धन के विषय में हमारी भावनाएँ इतनी गहराई से जुड़ी हुई हैं कि हम भावुक हुए बिना उसके विषय में चर्चा नहीं कर सकते। धन की अपेक्षा सेक्स के विषय पर किसी कार्यशाला को संबोधित करना अधिक सरल है। हमारे धनतंत्र को चुनौती दिए जाने पर हम सामान्यतया क्रोधित हो जाते हैं। आपको धन के विषय में अपनी वास्तविक सोच से परिचित होना चाहिए। आप शीशे के सामने खड़े होकर स्वयं से कहें, "धन के मामले में मेरी सबसे बड़ी चिंता''है।" और उसके बाद थोड़ा विश्राम करके अपनी भावनाओं को उभरने दें। संभवत: आपको सुनाई देगा, "मैं अपना ध्यान स्वयं रख सकती हूँ।" अथवा "मैं पिताजी की तरह गरीब ही रहूँगी।" या "मैं भूखी रहूँगी और भिखारिन बन जाऊँगी।" अथवा "अपने ऊपर मुझे कोई भरोसा नहीं है।" इन विचारों को सुनें और लिख लें। संभवत: आप स्वयं से कहते हुए पाएँगी कि "वाह, देखो, मुझे किस पर यकीन है! इसमें कोई आश्चर्य नहीं कि मैं वांछित रूप से अमीर नहीं हूँ।" इस तथ्य से भिज्ञ हों कि कौन सी मान्यताएँ अथवा विश्वास आपके धन-प्रवाह को रोक रहे हैं। इसके बाद अपने विश्वास में परिवर्तन लाना प्रारंभ करें। अपने मन में यह विचार लाने की बजाय कि मैं "मैं भूखी मरने जा रही हूँ", मन में नया विश्वास पैदा करते हुए कहें कि "मैं दुनिया में सुरक्षित हूँ। मुझे मेरी जरूरत की हर चीज मिल रही है। अब मैं अच्छी कमाई करने की कोशिश करूँगी।"

अपने प्रियजन की मृत्यु पर मैं शांत रहती हूँ

शोक

इस दुःखद स्थित में मैं शांत हूँ

शोक समाप्त होने मे कम-से-कम एक वर्ष लगता है। मैं मृतक के साथ बिताई गई अपनी विशेष छुट्टियों को अनुभव करना चाहती हूँ। मैं जीवन की इस नैसर्गिक प्रक्रिया से गुजरने हेतु स्वयं को समय एवं स्थान देती हूँ। अपने प्रति मैं उदार हूँ। मैं दुःख को अनुभव करना चाहती हूँ। एक वर्ष बाद वह दूर होने लगता है। मैं जानती हूँ कि मैं किसी को कभी नहीं खोऊँगी, क्योंकि मैंने कभी किसी को अपनाया ही नहीं और जिसे आँखों में देखा जा सकता है, मैं उस आत्मा से पुनः जुड़ूँगी। अब मैं उनके प्यार से घिरी महसूस करती हूँ और वे जहाँ कहीं भी हैं, उन्हें प्यार दूँगी। हरेक का अंत होता है। वृक्ष, पशु, पक्षी, नदियाँ, यहाँ तक कि तारे भी जन्म लेते एवं मरते हैं और उसी प्रकार मैं भी मरूँगी। सबकुछ अपने समय, स्थान एवं क्रम में घटित होता है।

प्रत्येक पल
एक प्रारंभ बिंदु है

नया दृष्टिकोण

मैं चिंतन की नूतन विधियों का आनंद लेती हूँ

हम चिंतन के प्राचीन एवं अर्वाचीन विचारों के मध्य अकसर ढुल-मुल दृष्टिकोण अपनाते हैं। इस प्रक्रिया के दौरान धैर्य रखें। आत्म-प्रताड़न केवल आपको उससे चिपकाए रखता है। इसकी बजाय इससे ऊपर उठना बेहतर है। हरेक बात, जो आप बोलते अथवा सोचते हैं, वह एक स्वीकारोक्ति है। यदि आप वास्तव में अपने विचारों एवं कथनों के प्रति सचेत रहेंगे तो आप पाएँगे कि उनमें से अनेक नकारात्मक हैं। अनेक लोगों में जीवन को नकारात्मक दृष्टि से देखने की प्रवृत्ति होती है। वे वर्षा जैसी साधारण स्थिति को देखकर कहते हैं, "अरे, कितना भयानक दिन है!" वह भयानक दिवस नहीं अपितु आर्द्र दिवस है। किसी दिन को खुशगवार बनाने हेतु कभी-कभी आपको अपने दृष्टिकोण में केवल थोड़ा सा बदलाव लाने की जरूरत होती है। चीजों को देखने का अपना पुराना नकारात्मक नजरिया बदलिए और उन्हें नए सकारात्मक नजरिए से देखने का प्रयास कीजिए।

अच्छे समाचार प्रसारित करें

समाचार

मैं सकारात्मक समाचारों की कल्पना करती हूँ

हम आपदाओं के विषय में इतना अधिक पढ़ते हैं कि हमारी चेतना बुरी खबरों से लबरेज हो जाती है। यदि आप ऐसी खबरों को हर समय पढ़ेंगे और सुनेंगे तो आपका भयभीत होना निश्चित है। मैंने बहुत समय पहले अखबार पढ़ना बंद कर दिया। यदि कोई खबर मैं जानना चाहती हूँ तो कोई मुझे बता देता है। मीडिया अपने उत्पादों को बेचना चाहता है, इसलिए वह आपका ध्यान आक र्षित करने के लिए आपको बड़ी बुरी तरह कुरेदता है। जब तक मीडिया मुझे कम-से-कम 75 प्रतिशत अच्छी खबरें नहीं देगा, तब तक मैं सभी समाचारों का बहिष्कार करूँगी। इससे हमें जीवन को अधिक सकारात्मक रूप से देखने हेतु प्रोत्साहन मिलेगा। हम अखबारों, पत्रिकाओं एवं टी.वी./रेडियो स्टेशनों से अच्छे समाचार प्रकाशित/प्रसारित करने का अनुरोध कर सकते हैं। इसके साथ ही हम ऐसे सकारात्मक समाचारों के प्रकाशन/प्रसारण की कल्पना कर सकते हैं, जिनमें प्यार की वह गूँज सुनाई दे, जो सभी नकारात्मक समाचारों में लुप्त रहती है।

अपनी देह की
जिम्मेदारी अब
मैं बड़े प्रेम से
लेती हूँ

पोषण

मैं प्यार से अपना पोषण करती हूँ

जीवन में जो भी श्रेष्ठतम उपलब्ध है, उससे मैं अपने पोषण का पर्याप्त ध्यान रखती हूँ। मैं पोषण के विषय में पढ़ती हूँ, क्योंकि मेरा अस्तित्व अत्यंत मूल्यवान है और मैं अपना यथासंभव उत्तमोत्तम ध्यान रखना चाहती हूँ। मेरा शरीर अन्य सभी शरीरों से विशिष्ट एवं भिन्न है, इसलिए मैं उन चीजों के बारे में पढ़ती हूँ, जिन्हें मेरा शरीर अच्छी तरह आत्मसात् कर सकता है। भोजन एवं पेय पदार्थों के बारे में यथासंभव हरेक चीज पढ़ती हूँ। मैं अपने खाने-पीने के मामले में पूरा ध्यान रखती हूँ और देखती हूँ कि कहीं कोई ऐसी चीज तो नहीं है, जो मेरे लिए उचित नहीं है। यदि कोई चीज खाकर एक घंटे बाद मुझे नींद आ जाती है तो मैं महसूस करती हूँ कि वह खास चीज मेरे शरीर के लिए ठीक नहीं है। मैं ऐसे अन्न की खोज करती हूँ, जो मेरे शरीर को अच्छी ऊर्जा दे। मैं अपने समस्त भोजन को प्यार और आभार सहित दुआ देती हूँ। मैं सुभोजित एवं सुपोषित हूँ। मैं स्वस्थ, प्रसन्न एवं महान् महसूस करती हूँ।

मैं ऐसे विचारों का
चयन करती हूँ, जो मेरे
विकास में सहायक हों

वृद्धावस्था

मेरी आयु एकदम सही है

प्रत्येक वर्ष अपने आप में विशिष्ट, बहुमूल्य एवं आश्चर्यजनक है। प्रौढ़ होना भी बच्चे के समान ही खास है। फिर भी हमारी संस्कृति वृद्धावस्था की अधिक चिंता करती है। हमने वृद्धावस्था को हौवा बना रखा है। इसके बावजूद यह सामान्य एवं स्वाभाविक है। हमने यौवनाराधन की ऐसी संस्कृति विकसित की है, जो हम सबके लिए हानिकारक है। मैं बड़े होने को अच्छा मानती हूँ। इसका विकल्प यही है कि हम इस पृथ्वी को छोड़ दें। मैं हर उम्र में खुद से प्यार करती हूँ। बड़ी होने का यह अर्थ कदापि नहीं है कि मैं रुग्ण अथवा क्षीण दिखाई दूँ। मैं इस धरती को छोड़ने के क्रम में मशीनों पर टँगना अथवा अस्पतालों में पड़े रहना नहीं चाहती। जब मेरा समय आएगा तो मैं बिस्तर पर आराम से नींद लेते हुए शांतिपूर्वक विदा हो जाऊँगी।

तुम्हारी माँ को
तुम्हें बताना चाहिए कि
तुम कितनी
अद्‌भुत हो

पुराने किस्से

मैं वर्तमान में जीती हूँ

मेरे बचपन की पुरानी कहानियाँ मेरे जीवन को आगे बढ़ाने में प्रयोग की जाती हैं। अधिकतर लोगों के पास उनके माता-पिता की लगभग 25000 घंटों की कहानियाँ होती हैं। इन पुराने किस्से-कहानियों में बच्चों के लिए अनेक नकारात्मक संदेश, ढेर सारी आलोचना और 'करना चाहिए' भरे होते हैं। अब मैं उन्हें मिटाकर उनके स्थान पर नए सकारात्मक संदेश लिखना चाहती हूँ। मैं अपने अंतर्मन की बात सुनती हूँ और जब मुझे उनमें कोई असुविधाजनक बात होती है तो मैं उसे एक ओर झटक देती हूँ। इसलिए पुराने किस्सों को फिर से लिखें। किसी आज्ञाकारी बालक की भाँति आपको पुराने किस्सों को नहीं सुनना चाहिए। सिर्फ नया कीजिए। मैं जानती हूँ कि मैं प्यार करने योग्य हूँ। मैं सचमुच मानती हूँ कि मैं एक महत्त्वपूर्ण जीवन जीने योग्य हूँ। मेरे यहाँ होने का एक उद्देश्य है। मुझमें किंवदंतियों को बदलने की शक्ति है। वे पुराने, नकारात्मक संदेश मेरे अस्तित्व की सच्चाई नहीं हैं।

मैं एक स्वच्छ एवं व्यवस्थित व्यक्ति हूँ

क्रम

मेरी जरूरत की हर चीज मेरे हाथ में है

अपनी चीजों को करीने से इस प्रकार सजाकर रखने में मुझे खुशी मिलती है, ताकि जब मुझे उनकी जरूरत पड़े तो वे मुझे आसानी से मिल जाएँ। स्वर्ग में सितारों से लेकर अलमारी में मेरे कपड़े और मेज पर मेरे कागज तक सभी ईश्वर की कृपा से सही ठिकाने पर व्यवस्थित हैं। मैं अपने दैनंदिन कार्यों को दिल लगाकर करती हूँ। इससे मेरा शारीरिक व्यायाम हो जाता है और मेरे मन को प्रशिक्षण भी प्राप्त होता है। ऐसा लगता है कि जब मेरा जीवन सुव्यवस्थित होता जा रहा है तो मेरे पास रचनात्मक होने एवं नई अंतर्दृष्टि विकसित करने का समय होता है और अब भी मेरी दिनचर्या इतनी लचीली है कि मैं जो कुछ करना चाहती हूँ, उसे बड़े मजे से खुश होकर कर लेती हूँ। मैं ईश्वरीय योजना का अंग हूँ। सब अच्छी तरह व्यवस्थित है।

प्यार हमेशा पीड़ा को मिटा देगा

दर्द

मैं दंडात्मक विचारों को क्षमाशील विचारों में बदल देती हूँ

मेरा उच्चतम मुझे कष्टरहित जीवन जीने का मार्ग दिखाता है। मैं पीड़ा को उत्तर देना सीख रही हूँ। वह मेरे लिए अलार्म घड़ी कर तरह है और मानो मुझे जागने और मन की आँखें खोलने का संकेत दे रही है। यदि मुझे कहीं दर्द होता है तो मैं सीधे अपने मानसिक कार्यों में लग जाती हूँ। मैं अकसर 'पीड़ा' नामक शब्द को 'झनझनाहट' में बदल देती हूँ। मेरे शरीर में बड़ी 'झनझनाहट' हो रही है। शब्दों में यह नन्हा-सा परिवर्तन मुझे अपने स्वास्थ्य की चेतना पर ध्यान केंद्रित करने में सहायक होता है, जिससे मैं अपने कष्टों से जल्द मुक्ति पा लेती हूँ। मैं जानती हूँ कि मैं अपने मन को जरा सा भी बदलती हूँ तो मेरा शरीर भी उसी दिशा में मुड़ जाता है। मैं अपने शरीर और मन, दोनों से प्यार करती हूँ और उनके इतनी घनिष्ठता से जुड़े होने के लिए मैं आभारी हूँ।

माता-पिता महान् हैं

माता-पिता

वे भी कभी बच्चे थे

अब मेरे लिए अपने बारे में सोचने, अपनी सहायता करने हेतु अपने पैरों पर खड़े होने का समय आ गया है। अब मैं स्वयं को वह दे रही हूँ, जो मेरे पेरेंट्स मुझे नहीं दे सके। उनके बचपन के विषय में मैं जितना अधिक पढ़ती हूँ, उतना अधिक उनकी सीमाओं को समझने लगती हूँ। उन्हें किसी ने नहीं सिखाया कि माता-पिता कैसे बनें। वे भी अपने पेरेंट्स की सीमाओं को जी रहे थे। माता-पिता के मामले कुछ ऐसी चीज हैं, जिससे हम सबको रोज निपटना पड़ता है। अत: इसका सर्वोत्तम उपाय यही है कि हम उन्हें उनके यथावत् रूप में प्यार करें और सुनिश्चित करें कि वे भी हमें उसी रूप में प्यार करें, जिस रूप में हम हैं। अपने जीवन के नकारात्मक पक्षों के लिए मैं अपने माता-पिता को बहाने के रूप में प्रयोग नहीं करती। मैं अपने पेरेंट्स को प्यार देती हूँ और उन्हें उनके लिए सार्थक खुशी प्राप्त करने हेतु छोड़कर देती हूँ।

सब अच्छा है,
मेरे पास आज जरूरत की
हर चीज है

धैर्य

मेरे पास प्रचुर समय है

जब मैं अधीर होती हूँ तो मैं जानती हूँ कि ऐसा इसलिए है, क्योंकि मैं अपने समक्ष उपस्थित सबक सीखना नहीं चाहती हूँ। मैं उसे तत्काल पूरा कर लेना चाहती हूँ। जैसा कि मैंने एक बार सुना था, "कुछ सीखने और कुछ जानने के लिए यहाँ हर समय अवश्य कुछ होता है। धैर्य का अर्थ जीवन की प्रक्रिया के साथ शांतिप्रिय बने रहना है। हमें यह बात जान लेनी चाहिए कि हर काम अपने सही समय, स्थान एवं क्रम के अनुसार होता है। यदि मेरा कार्य अभी पूर्ण नहीं हो रहा है तो इसका आशय यह है कि अभी मेरे लिए कुछ जानना और करना शेष है। अधीर होने से काम में तेजी नहीं आती, बल्कि उससे केवल समय नष्ट होता है। अत: मैं साँस लेती हूँ, अपने अंदर झाँकती हूँ और पूछती हूँ, "वह क्या है, जिसे जानना मेरे लिए जरूरी है?" इसके बाद मैं धैर्यपूर्वक अपने आस-पास मौजूद सहायता प्राप्त करने की प्रतीक्षा करती हूँ।

मैं शांतिपूर्ण जीवन का चयन करती हूँ

शांति

शांति मेरे साथ शुरू होती है

यदि में एक शांतिपूर्ण दुनिया में रहने की इच्छुक हूँ तो मुझे यह सुनिश्चित करना होगा कि मैं स्वयं एक शांतिप्रिय व्यक्ति हूँ। इससे कोई अंतर नहीं पड़ता कि अन्य लोग मेरे साथ कैसा व्यवहार करते हैं, मैं हर स्थिति में शांत रहती हूँ। मैं अव्यवस्था एवं पागलपन के बीच शांति की घोषणा करती हूँ। अपने इर्द-गिर्द सभी विषम परिस्थितियों का सामना मैं प्यार एवं शांतिपूर्वक करती हूँ। मैं विश्व के सभी अशांत क्षेत्रों में शांति का संदेश प्रेषित करती हूँ। यदि मैं दुनिया को बेहतर बनाने हेतु परिवर्तन करने की इच्छुक हूँ तो मुझे दुनिया को देखने के अपने दृष्टिकोण में परिवर्तन लाना होगा। मैं अब जीवन को अत्यंत सकारात्मक तरीके से देखने की इच्छुक हूँ। मुझे ज्ञात है कि शांति की शुरुआत मेरे अपने विचारों के साथ होती है। चूँकि मैं अपने शांतिपूर्ण विचारों को बनाए रखना चाहती हूँ, इसलिए मैं शांतिपूर्ण सोचवाले लोगों के साथ जुड़ी रहती हूँ। हम लोग साथ मिलकर दुनिया में प्रचुर शांति लाने में सहायक होंगे।

मेरा जीवन पूरी तरह स्वस्थ एवं सुरक्षित है

सही क्रम

ब्रह्मांड पूर्णतया व्यवस्थित है

तारे, चंद्रमा एवं सूर्य, सभी पूर्ण ईश्वरीय व्यवस्था के अंतर्गत कार्यरत हैं। उन सबके मार्गों में एक व्यवस्था, एक लय एवं एक उद्देश्य है। मैं ब्रह्मांड का अंग हूँ, इसलिए मैं जानती हूँ कि मेरे जीवन में भी एक व्यवस्था, एक लय एवं एक उद्देश्य है। कभी-कभी मेरा जीवन अस्त-व्यस्त दिखाई पड़ सकता है, फिर भी मैं जानती हूँ कि इस अव्यवस्था के पीछे भी एक ईश्वरीय व्यवस्था है। ज्यों ही मैं अपने मन को व्यवस्थित करके अपना ध्यान अपने पाठ पर लगाती हूँ, त्यों ही सारी अव्यवस्था दूर हो जाती है और व्यवस्था वापस लौट आती है। मुझे विश्वास है कि मेरा जीवन सचमुच परिपूर्ण ईश्वरीय सुव्यवस्था में है। मेरी दुनिया में सब ठीक है।

हम मानव अनुभवयुक्त अद्‌भुत आध्यात्मिक शक्ति हैं

परिपूर्ण

मैं सही, समग्र एवं पूर्ण हूँ

कोई छोटा बच्चा कभी यह नहीं कहता कि "अरे, मेरे कूल्हे तो बहुत बड़े हैं," अथवा "मेरी नाक बहुत लंबी है।" उसे मालूम है कि वह कितना सही है और हम सब कभी वैसे ही थे। हमने अपनी परिपूर्णता को सामान्य एवं स्वाभाविक तौर पर स्वीकार किया है। जैसे-जैसे हम बड़े होते हैं, वैसे-वैसे अपनी परिपूर्णता पर संदेह करने लगते हैं और परिपूर्ण होने का प्रयास करने लगते हैं। हम जो पहले से ही हैं, वह बन नहीं सकते। हम उसे केवल स्वीकार कर सकते हैं। अपनी अपूर्णता के सोच के कारण हममें तनाव पैदा होता है। हममें से किसी के साथ भी कुछ गलत नहीं है। इसलिए आइए, हम सब मिलकर एक बार पुनः स्वीकार करें और जानें कि हम जीवन की दिव्य, अद्‌भुत अभिव्यक्तियाँ हैं और वास्तव में हमारी दुनिया में सब अच्छा है।

मैं ग्रह पर सबके
पास रोटी, कपड़ा, मकान
एवं खुशी देखकर
इसे स्वस्थ
एवं
समग्र मानती हूँ

ग्रह (धरती)

मैं सब लोगों की सर्वोत्तम भलाई हेतु सकारात्मक समाधान स्वीकारती हूँ

ऐसे अनेक अच्छे कार्य हैं, जो मैं इस ग्रह (धरती) की भलाई हेतु व्यक्तिगत तौर पर कर सकती हूँ। कई बार मैं अपने व्यक्तिगत उद्‌देश्यों की पूर्ति हेतु अपनी भौतिक ऊर्जा एवं धन खर्च करती हूँ। अन्य समय पर मैं अपने विचारों की शक्ति का उपयोग इस ग्रह को स्वस्थ बनाने में सहायता के रूप में कर सकती हूँ। यदि मैं वैश्विक आपदा अथवा मूर्खतापूर्ण हिंसा के समाचार सुनती हूँ तो मैं अपने मन एवं बुद्धि का सही एवं सकारात्मक उपयोग करती हूँ। मैं जानती हूँ कि यदि मैं हिंसा करने के लिए जिम्मेदार लोगों तक अपने क्रोधपूर्ण विचार भेजूँगी तो उनके घाव भरने में उनकी कोई सहायता नहीं करूँगी। इसलिए मैं तत्काल अपने आस-पास के समूचे वातावरण को प्यार से ओत-प्रोत करती हूँ और इस तथ्य की पुष्टि करती हूँ कि मेरे इस कृत्य का परिणाम अच्छा ही होगा। मैं प्रभावित लोगों तक सकारात्मक ऊर्जा भेजती हूँ और घटना के दृश्यों का अवलोकन करती हूँ, ताकि यथाशीघ्र सबके लिए सर्वोत्तम समाधान उपलब्ध करा सकूँ। मैं हिंसा भड़कानेवालों को दुआ और अपना प्यार भेजती हूँ और आशा करती हूँ कि उनकी अंतरात्मा में स्थित प्यार एवं करुणा जाग्रत् होकर सामने आएगी और उनकी रुग्ण मानसिकता का भी उपचार हो सकेगा। यह तभी संभव है, जब हम सब स्वस्थ हों और जिस दुनिया में हम रहते हैं, उसे प्यार एवं करुणा के साथ स्वस्थ बनाएँ।

मैं ग्रह से प्यार करता हूँ

पृथ्वी ग्रह

मैं जिस खूबसूरत दुनिया में रहती हूँ, उसकी तारीफ करती हूँ

धरती एक विदुषी एवं प्यारी माता है। यह हमारी सभी आवश्यकताओं का ध्यान रखती है। यहाँ जल, अन्न, वायु एवं संगति (साथ) है। हमारे पास पशुओं, वनस्पतियों, पक्षियों, मछलियों की असंख्य किस्में एवं अतुल्य सौंदर्य है। विगत कुछ वर्षों में हमने इस ग्रह के साथ बड़ा बुरा व्यवहार किया है। हम अपने मूल्यवान संसाधनों का दोहन करते रहे हैं। यदि हम हानिकारक तरीके से इस ग्रह को कचरा बनाते रहेंगे तो हमारे पास रहने लायक कोई स्थान नहीं बचेगा। मैं इस दुनिया में जीवन की गुणवत्ता सुधारने और इसकी प्रेमपूर्वक देखभाल करने के लिए प्रतिबद्ध हूँ। मेरे विचार स्पष्ट, प्रिय एवं गंभीर हैं। जब भी मैं कुछ करने की स्थिति में होती हूँ, अपनी दयालुता के कृत्य तत्काल करती हूँ। मैं पुनर्चक्रण (रिसाइक्लिंग), कंपोस्ट एवं जैविक रूप से बागबानी करके मिट्टी की गुणवत्ता सुधारती हूँ। यह मेरा ग्रह है और मैं इसे रहने लायक सुंदर स्थान बनाने में सहायता करती हूँ। मैं एक शांतिपूर्ण ग्रह की कल्पना करते हुए प्रतिदिन शांत होकर चिंतन करने में सक्रिय होकर थोड़ा समय व्यतीत करती हूँ। मैं एक स्वच्छ एवं स्वस्थ पर्यावरण की संभावनाओं की कल्पना करती हूँ। मैं दुनिया भर की सरकारों को एक साथ मिलकर अपने बजट को सँभालने और धन का सदुपयोग करने पर दृष्टि रखती हूँ। मैं इस ग्रह के समस्त निवासियों को अपना दिल और दिमाग खोलकर और परस्पर मिलकर ऐसी दुनिया की रचना करते देखती हूँ, जो हम सबके लिए सुरक्षित और एक-दूसरे से प्रेम करने योग्य हो। यह संभव है और इसकी शुरुआत मुझसे ही होती है।

शक्ति का
केंद्र वर्तमान में
निहित है, अपनी
शक्ति ग्रहण करो

शक्ति

मैं अपनी शक्ति स्वीकार करती हूँ

आपको यह जानने की आवश्यकता है कि अपने जीवन को स्वस्थ बनाने की शक्ति आपके पास है। हम अकसर सोचते हैं कि हम असहाय हैं, परंतु हम असहाय होते नहीं। हमारे पास हमारे मन की शक्ति सदैव विद्यमान होती है। क्या आप अपनी बुद्धि का उपयोग स्वयं को शिकार (पीड़ित) के रूप में सोचने में करते हैं? क्या आप स्वयं को पागल समझकर या दूसरे लोगों की शिकायत करने हेतु इधर-उधर भटकते रहते हैं? क्या आप यह महसूस करते हैं कि आपके पास अपने जीवन को बदलने हेतु कुछ कर पाने की कोई शक्ति नहीं है? इस प्रकार की नकारात्मक सोच से आप अपनी शक्ति से दूर होते जाते हैं। आपका मन अत्यंत शक्तिशाली है। अपनी शक्ति को चैतन्य होकर पहचानो और उसका प्रयोग करो। आपके पास यह चयन करने की शक्ति है कि चीजें सही एवं अच्छी तरह काम कर रही हैं। पहचानो कि तुम हमेशा एक ऐसी शक्ति एवं बुद्धि से जुड़े हुए हो, जिसने आपको बनाया है। यहाँ मौजूद उस शक्ति को महसूस करो और उसकी सहायता का उपयोग करो।

हम सब एक हैं

पक्षपात

मतभेदों की अपेक्षा प्रेम अधिक गहरा है

इस ग्रह की नई ऊर्जा प्यार है। मैं रोजाना अपना दिल और दिमाग खोलकर लोगों के साथ अपना रिश्ता कायम करने में अपना समय बिताती हूँ। इससे कोई फर्क नहीं पड़ता कि मैं कहाँ पैदा हुई या बड़ी हुई और यह भी बेमानी है कि मेरी चमड़ी का रंग कैसा है या किस धर्म में विश्वास करते हुए मैं जवान हुई हूँ, हरेक आदमी और हर चीज केवल एक ही शक्ति से जुड़ी है तथा उसी शक्ति के माध्यम से हम सबकी जरूरतें पूरी होती हैं। मैं अपनी इस धरती रूपी परिवार के प्रत्येक सदस्य से गर्मजोशी, प्रेम और खुले मन से बात करती हूँ। ऐसे अनेक लोग हैं, जो जिंदगी को अलग किस्म से देखते हैं। वे लोगों को छोटे-बड़े, समलैंगिक, सीधे और उनकी अलग रंगोंवाले व्यक्तियों के रूप में देखते हैं। मैं इस धरती समुदाय की एक सदस्य हूँ। हमारी सोच भिन्न और आश्चर्यजनक है, अभिव्यक्ति की रंग-बिरंगी किस्में इत्यादि कोई ऐसी चीज नहीं है, जिसे लेकर हम आपस में संघर्ष करें अथवा हममें मतभेद उत्पन्न हो। जब मैं अपने मन से पूर्वग्रह, पक्षपात को निकाल देती हूँ तो संपूर्ण ग्रह (पृथ्वी) अभिभूत हो जाता है। आज मेरा हृदय कुछ अधिक खुला है, क्योंकि मैं एक ऐसे संसार की रचना करने जा रही हूँ, जहाँ हमारे लिए परस्पर प्रेमपूर्वक रहना सुरक्षित हो।

मेरी चेतना समृद्ध है

समृद्धि

मुझे मेरी जरूरत की हर चीज हमेशा मिल जाती है

मुझे विरासत में मेरे अपने हृदय के प्यार के रूप में एक विशाल खजाना मिला है। मैं अपने प्रेम के इस खजाने को जितना अधिक लुटाती हूँ, उतनी ही अधिक अमीर होती जाती हूँ। समृद्धि की शुरुआत अपने बारे में अच्छा सोचने से होती है। इससे कोई फर्क नहीं पड़ता कि मेरे पास कितना पैसा है। यदि मैं अपने विषय में अच्छी सोच विकसित न करूँ तो धन की कोई भी राशि मुझे आनंदित नहीं कर सकती। मेरा घर, कार, कपड़े, मित्र और बैंक खाता इत्यादि मेरे बारे मेरे विचारों का प्रतिबिंब मात्र हैं। इससे कोई अंतर नहीं पड़ता कि मैं कहाँ हूँ अथवा क्या हो रहा है, मैं अपने विचारों को बदल सकती हूँ। सच्ची समृद्धि पैसे से प्राप्त नहीं होती, वह तो मन की एक दशा है। मेरा मन समृद्धि के स्वागत हेतु खुला है। दिन में एक बार मैं अपनी बाँहें पूरी तरह फैलाकर उन्हें खींचती हूँ और कहती हूँ, "मैं ब्रह्मांड की सारी अच्छाई और प्रचुरता का स्वागत करने हेतु तत्पर हूँ।"

मैं यहाँ एक उद्‌देश्य पूर्ण करने आई हूँ

उद्देश्य

मेरा उद्देश्य शर्तहीन प्यार करना सीखना है

इस समय जीवित रहना मेरे लिए अपने एवं ब्रह्मांड को खोजने और अनुभव करने का अनमोल अवसर है। एक प्रकार से आत्म एक नई सीमा है। मैं अपने सीमित आत्म को अब थोड़ा अच्छी तरह जानने लगी हूँ और अब मैं अपने असीम आत्म को जानने की ओर अग्रसर हूँ। मेरा उद्देश्य स्वयं को हर पल शांत एवं केंद्रित रखकर यह जानना है कि मैं अपने व्यक्तित्व, समस्याओं, भय अथवा कठिनाइयों से बहुत बढ़कर हूँ। मैं भावना, ज्योति, ऊर्जा और प्रेम हूँ और मुझमें सोद्देश्य एवं सार्थक जीवन जीने की शक्ति है, यहाँ तक कि जब मैं सोचती हूँ कि मैं अपनी क्षमता के अनुसार अच्छा नहीं कर रही हूँ, तब भी मुझे ज्ञात होता है कि मैं ठीक कर रही हूँ। मैं स्वयं से प्यार करती हूँ और यहाँ होने हेतु आभारी हूँ।

मेरे समस्त अनुभव
मेरे जीवन की धनाढ्यता
एवं पूर्णता का
अंग हैं

अस्वीकार

मैं अपना संपूर्ण स्वीकार करती हूँ

जीवन भयभीत है। मैं अपने सभी अंगों—शिशु, बाल, किशोर, युवा, वयस्क एवं भविष्य आत्म को अपने हृदय से जोड़ती हूँ। मैं अपनी प्रत्येक उलझन, भूल, ठोकर एवं घाव को अपने जीवन का अंग मानकर पूर्णतया स्वीकार करती हूँ। प्रत्येक सफलता एवं विफलता, प्रत्येक दष एवं सात्त्विक अंतर्दृष्टि तथा अन्य सबकुछ, जो मेरे लिए मूल्यवान है और जिसका मैं उल्लेख नहीं कर सकती, सब मेरी कहानी में शामिल है। कभी-कभी मेरे जीवन का दुःखद भाग अन्य लोगों को अपनी पीड़ा को समझने में सहायक होता है। जब दूसरे लोग मेरे साथ अपने कष्टों को साझा करते हैं तो मुझे उनके ऊपर दया आती है। अब इस दया का विस्तार मैं अपने ऊपर करती हूँ। मैं यह जानकर संतुष्ट हो जाती हूँ कि मेरे बारे में हर चीज स्वीकार्य है।

मेरा सर्वोत्तम संबंध
स्वयं मेरे
साथ है

रिश्ते

मैं प्यार हेतु प्रचुर स्थान बना रही हूँ

संबंध अद्‌भुत हैं और शादियाँ भी अद्‌भुत हैं, परंतु दोनों अस्थायी हैं; क्योंकि एक समय ऐसा आता है, जब दोनों समाप्त हो जाते हैं। जिस व्यक्ति के साथ मैं हमेशा रह सकती हूँ, वह मैं स्वयं हूँ। खुद के साथ मेरा संबंध अनंत है। अत: अपनी सर्वोत्तम मित्र मैं स्वयं हूँ। मैं प्रतिदिन अपने हृदय से जुड़ने हेतु थोड़ा समय बिताती हूँ। मैं शांत होकर बैठती हूँ और अपने निजी प्यार को भय और दोष का नाश करते हुए अपने शरीर के अंग-प्रत्यंग में प्रवाहित होता महसूस करती हूँ। मैं यथार्थत: अपने प्यार को शरीर की प्रत्येक कोशिका को भिगोता हुआ महसूस करती हूँ। मैं जानती हूँ कि मैं ऐसे ब्रह्मांड से संपृक्त हूँ, जो मेरे सहित प्रत्येक व्यक्ति से बिना शर्त प्यार करता है। बिना शर्त प्यार करनेवाला यह ब्रह्मांड ही वह शक्ति है, जिसने मुझे उत्पन्न किया और यह सदैव यहाँ मेरे साथ है। जैसे ही मैं अपने अंदर प्यार हेतु सुरक्षित स्थान का निर्माण करती हूँ, मैं प्यारे लोगों एवं प्यारे अनुभवों से जुड़ जाती हूँ। समय आ गया है कि हम यह सोचने में अपनी ऊर्जा खपाएँ कि संबंधों को कैसा होना चाहिए।

मेरी सभी
नई आदतें सकारात्मक
रूप से मेरा समर्थन
करती हैं

नकारात्मक आदतें

मुझे पूर्ण होने की आवश्यकता है

जब मैं किसी पुराने रवैए को छोड़ने के लिए तैयार होती हूँ तो वह एक मुद्दे की तरह आकर खड़ा हो जाता है। मैं अपने मुद्दों को मेरे अंदर की गहराई से आनेवाले ऐसे दूत के रूप में मान्यता देती हूँ, जो प्यार की अपेक्षा के साथ मेरे पास आया है। मैं ब्रह्मांड से अपना भय दूर करने और मेरे अंदर नई समझदारी विकसित करने की याचना करती हूँ। मैं अपनी नकारात्मक आदतों एवं मान्यताओं के प्रति स्नेहिल होना सीख रही हूँ। मैं कहती थी, "अरे, मैं इससे मुक्ति पाना चाहती हूँ।" अब मुझे इस बात का ज्ञान हो गया है कि अपनी सभी आदतें मैंने किसी उद्देश्य की पूर्ति हेतु बनाई हैं। अत: मैं अपनी नकारात्मक आदतों का प्रेमपूर्वक त्याग करती हूँ और अपनी आवश्यकताओं की पूर्ति हेतु अधिक सकारात्मक उपाय खोजती हूँ।

मेरा धर्म
प्यार पर
आधारित है

धर्म

मैं अपनी जन्मदात्री शक्ति से जुड़ती हूँ

मैं स्थिर एवं सुरक्षित हूँ, क्योंकि मैं उस शाश्वत बुद्धि एवं अनंत शक्ति से जुड़ी हूँ, जिसने ब्रह्मांड में अस्तित्व रखनेवाली मेरे सहित प्रत्येक चीज की रचना की है। मेरे शरीर की प्रत्येक नाड़ी एवं कोशिका इस शक्ति को श्रेष्ठ मानती है। मेरे अस्तित्व की सच्चाई सदैव उस शक्ति से संपृक्त है, जिसने मेरे धर्म को ध्यान में रखे बिना मुझे जन्म दिया है। मेरे जीवन का रक्षक स्वयं मेरे भीतर है। चूँकि मैं खुद को पर्याप्त अच्छी मानती हूँ, इसलिए मैं अपने निजी प्यार की आरोग्यदायिनी शक्ति को अपने लिए खोलती हूँ। ब्रह्मांडीय प्रेम मुझे आच्छादित किए रहता है और मेरे अंदर निवास करता है। मैं इस प्यार के काबिल हूँ। प्रेम अब मेरे जीवन के माध्यम से प्रवाहित हो रहा है। ईश्वर की एक ऐसी संकल्पना करें, जो आपके लिए सहायक हो।

मैं छोड़ती
और
क्षमा करती हूँ

नाराजगी

मैं क्रोधी जीवन का परित्याग करती हूँ

बच्चे अपने क्रोध की अभिव्यक्ति उन्मुक्त होकर करते हैं। जैसे-जैसे हम बड़े होते हैं, हम अपने क्रोध को दबाना सीख जाते हैं, जो आगे चलकर असंतोष में बदल जाता है। हमारे शरीर में रहकर यह हमें खाता रहता है। अतीत में अन्य लोगों की भाँति मैं भी आत्मनिर्मित असंतोष की कारा में रहती थी। मैं सोचा करती थी कि मुझे रुष्ट होने का अधिकार है, क्योंकि 'उन्होंने' मेरे साथ सबकुछ किया है। मुझे यह समझने में काफी अधिक समय लगा कि मेरे अंदर दबी विकृति एवं असंतोष ने वास्तविक घटना की अपेक्षा मेरा अधिक नुकसान किया है। जब मैंने क्षमा करने से इनकार कर दिया तो सर्वाधिक चोट मुझे ही पहुँची। मेरे हृदय का द्वार बंद हो चुका था, अत: मैं प्रेम नहीं कर सकी। मैंने सीखा कि क्षमाशीलता का यह अर्थ कदापि नहीं है कि मैंने दूसरे व्यक्ति के नकारात्मक व्यवहार को अनदेखा कर दिया है। क्रोध के परित्याग ने मुझे असंतोष की कारा से मुक्त किया। मेरे हृदय के द्वार खुल गए और मैंने पाया कि मैं आजाद थी। मैं क्षमा करके आगे बढ़ती हूँ और उन्मुक्त उड़ान भरती हूँ।

मैं एक जिम्मेदार शक्ति हूँ

जिम्मेदारी

अपने दायित्वों को स्वीकारना मेरा स्वभाव है

जब हम पहली बार सुनते हैं कि अपने अनुभवों के लिए हम स्वयं जिम्मदार हैं तो सोचते हैं कि मानो हम पर आरोप लगाया जा रहा है और आरोप हमें दोषी तथा गलत होने का एहसास कराता है। वस्तुत: इसमें कोई आरोप शामिल नहीं है। हमें जिम्मदार समझना एक प्रकार से हमें कोई अच्छा उपहार दिए जाने जैसा है, क्योंकि जो शक्ति अनुभव प्राप्त करने में सहायक है, वही उसे परिवर्तित भी कर सकती है। हम एक ओर जहाँ परिस्थितिवश स्वयं को दुर्बल समझने लगते हैं, वहीं दूसरी ओर हम वैसा व्यक्ति बन जाते हैं, जो अपने जीवन को सकारात्मक रूप से मोड़ एवं आकृति दे सकता है। जब हम अपने विचारों को उत्पादक तरीके से उपयोग करना सीख लेते हैं तो शक्तिशाली मनुष्य बन जाते हैं। यह हमें जीवन के प्रति उत्तरदायी होने, परिवर्तन करने और हमारे जीवन की गुणवत्ता में सुधार लाने की शक्ति देता है।

मैं स्वाभिमानी एवं सुरक्षित हूँ

सुरक्षित सेक्स

मैं स्वयं से प्यार करती हूँ अतः असुरक्षित सेक्स ठुकरा देती हूँ

यदि हजारों नहीं तो सैकड़ों वर्षों से सुरक्षित सेक्स का भार स्त्रियों पर अवश्य था। यदि स्त्रियाँ सुरक्षित सहवास का अभ्यास नहीं करती थीं तो उनके गर्भवती होने के साथ-साथ वर्तमान संक्रामक रोगों का शिकार होने का खतरा बना रहता था। अब पुरुष, विशेषतया समलैंगिक पुरुष यह समझना प्रारंभ कर रहे हैं कि यह कैसा अनुभव है। जब शरीर में जुनून की गरमी चढ़ती है तो वह सुरक्षा के विषय पर मन द्वारा दिए गए सावधानीपूर्ण अनुदेशों को सुनने को तैयार नहीं होना चाहता। यदि कोई कंडोम पहनने से इनकार करे तो आप उस व्यक्ति को क्या कहेंगे? इसके उत्तर का संबंध हमेशा आपके निजी स्वाभिमान के स्तर से होता है। यदि आपका आत्म-स्नेह एवं आत्म-भावना प्रबल है तो आप असुरक्षित सेक्स से इनकार कर देंगे। यदि आप अपने बारे में अधिक नहीं सोचते तो संभवतः आप 'समर्पण' कर देंगे और आशा करेंगे कि सब ठीक होगा। आप स्वयं से कितना प्रेम करते हैं, आप किस हद तक अपने शोषण की अनुमति देंगे? कम-से-कम तब तक, जब तक कि आपके मन में अपने प्रति प्रेम जाग्रत् होता है। जो लोग स्वयं से प्यार करते हैं, वे न अपना शोषण करेंगे और न दूसरों का।

प्यार मेरी दुनिया को गोल बनाता है

सुरक्षित प्रेम

मेरा प्यार सशक्त है

मैं खुद को ऐसा व्यक्ति समझती हूँ, जिसे प्रचुर प्यार प्राप्त हुआ है। सब प्रकार की गतिविधियाँ आती और चली जाती हैं, फिर भी उन सबके मध्य अपने प्रति मेरा प्यार बरकरार रहता है। यह निरर्थक अथवा घमंडी होना नहीं है। जो लोग निरर्थक अथवा घमंडी होते हैं, उनके पास 'मैं तुमसे अच्छा हूँ' की एक लत होती है, जिसके नीचे ढेर सारी आत्म-घृणा छिपी रहती है। आत्म-स्नेह सामान्यतया अपने निजी अस्तित्व के चमत्कार की प्रशंसा करना है। यदि मैं स्वयं से प्यार करती हूँ तो न तो मैं स्वयं को आहत कर सकती हूँ और न ही किसी अन्य व्यक्ति को। मेरी ओर से दुनिया को मेरा यही उत्तर है कि शांति एक शर्तहीन प्यार है। मैं स्वयं को प्यार करने में पारंगत होने हेतु अधिक प्रतीक्षा नहीं करती। मैं यहाँ इस समय जैसी हूँ, मैं ठीक उसी रूप में स्वयं को स्वीकार करती हूँ।

मैं अपने विचारों से प्रेम करती हूँ

सुरक्षित कथा

मेरा आंतरिक संवाद सौम्य एवं स्नेहिल है

मुझे इस पृथ्वी पर एक अद्भुत भूमिका अदा करनी है और इस काम को पूरा करने के लिए आवश्यक औजार भी मेरे पास उपलब्ध हैं। मेरे द्वारा सोचे गए विचार एवं मेरे बोले गए शब्द मेरे अनमोल एवं शक्तिशाली औजार हैं। उनका उपयोग करके अपने लिए जो कुछ भी मैं बनाता हूँ, उसका भरपूर आनंद लेता हूँ। ध्यान, प्रार्थना और प्रात:काल स्वीकारोक्तियों के 10 मिनट अद्भुत हैं और जब सारा दिन मैं मन लगाकर काम करती हूँ तो मुझे अच्छा परिणाम प्राप्त होता है। मुझे स्मरण है कि यह पल-दर-पल का चिंतन ही है, जो वास्तव में मेरे जीवन को आकार दे रहा है। शक्ति का केंद्र एवं मेरे परिवर्तन लाने का स्थान सदैव इसी जगह विद्यमान है। अत: एक पल के लिए मैं अपने वर्तमान चिंतन के विचार को पकड़ती हूँ और स्वयं से प्रश्न करती हूँ कि क्या मैं चाहती हूँ कि यह विचार मेरे भविष्य का निर्माण करे ?

मैं शारीरिक, लैंगिक, मानसिक एवं आध्यात्मिक रूप से स्वस्थ हूँ

लैंगिकता

अपनी लैंगिकता से मैं संतुष्ट हूँ

मेरा विश्वास है कि प्रत्येक जीवन में हम अपने जन्म से पूर्व ही अपने देश, अपने रंग, अपनी लैंगिकता एवं माता-पिता की सही जोड़ी का चयन कर लेते हैं और पैदा होने के बाद अपने पूर्व चयनित ढाँचे से उसका इस जीवन में मिलान करते हैं। प्रत्येक जन्म में मैं भिन्न लिंग का चयन करती हूँ। कभी मैं पुरुष के रूप में जन्म लेती हूँ, कभी स्त्री के रूप में। कभी मैं विषमलिंगी होती हूँ तो कभी समलिंगी। प्रत्येक लिंग की अपने-अपने क्षेत्रों में अलग-अलग उपलब्धियाँ एवं चुनौतियाँ हैं। कभी समाज हमारी लैंगिकता को स्वीकार करता है, कभी उसका विरोध करता है अथवा अस्वीकार कर देता है। फिर भी अपने प्रत्येक स्वरूप में मैं सही, समग्र और परिपूर्ण होती हूँ। मेरी आत्मा का कोई लिंग नहीं है। यह तो केवल मेरा व्यक्तित्व है, जिसका कोई लिंग है। मैं अपने जननांगों सहित अपने शरीर के प्रत्येक अंग से प्यार करती हूँ, अतः उसे सँजोकर रखती हूँ।

विकास के फलस्वरूप हमारे अंदर अद्‌भुत परिवर्तन होते हैं

आध्यात्मिक विकास

मैं परिवर्तन की इच्छुक हूँ

मेरा आध्यात्मिक विकास अकसर विचित्र होता है। यह कोई आकस्मिक भेंट अथवा कोई दुर्घटना, किसी मुसीबत अथवा किसी प्रियजन की हानि के रूप में हो सकता है। कई बार मेरे मन में कोई ऐसी इच्छा उत्पन्न होती है, जिसे पूरा करने को जी चाहता है अथवा मुझे अपने पुराने तरीके से जीने हेतु जबरन रोक दिया जाता है। प्रत्येक व्यक्ति के लिए यह थोड़ा भिन्न अनुभव होता है। मेरा आध्यात्मिक विकास अपने जीवन की जिम्मेदारियों को स्वीकार करने के पश्चात् होता है। इससे मुझे अपने अंदर वांछित परिवर्तन करने की आंतरिक शक्ति प्राप्त होती है। आध्यात्मिक विकास का अर्थ दूसरों को बदलना नहीं है। आध्यात्मिक विकास उस व्यक्ति का होता है, जो पीड़ित की भूमिका से बाहर निकलने को तैयार होता है और क्षमाशीलता एवं नवजीवन की ओर अग्रसर होता है। इसमें से कोई भी काम रातोरात नहीं होता। यह एक प्रकार से खुलने की प्रक्रिया है। आत्मस्नेह द्वार खोलता है और परिवर्तन की इच्छा इसमें वास्तविक सहायता करती है।

आप अपने चिंतन की
पुरानी विधियों से आध्यात्मिक
नियमों को नहीं मोड़ सकते।
आपको अनिवार्यतः नूतन भाषा
सीखना और उसका
अनुसरण करना होगा और
जब आप ऐसा करेंगे तो
आपको अपने जीवन में
'जादू' होता दिखाई देगा

आध्यात्मिक नियम

ऊर्जा के नियम सदैव सक्रिय रहते हैं

ईश्वरीय नियमों का ज्ञान और जीवन के सभी क्षेत्रों में उनके अनुपालन के प्रति प्यार के माध्यम से मैं सूर्य की छत्रच्छाया में सर्वोत्तम बीमा योजना से रक्षित हूँ। आध्यात्मिक नियमों को सीखना बड़े पैमाने पर कोई कंप्यूटर अथवा वी.सी.आर. चलाना सीखने जैसा है। जब मैं शांत होकर बैठती हूँ और कंप्यूटर की प्रक्रियाओं का क्रमशः अध्ययन करती हूँ तो मुझे बड़ा अच्छा लगता है। यह लगभग जादू जैसा महसूस होता है। यदि मैं अपना होम वर्क (गृह कार्य) और पढ़ाई में कंप्यूटर के नियमों का पालन नहीं करती तो या तो कुछ नहीं होता अथवा जो होता भी है, वह मेरी इच्छा के अनुसार नहीं होता। कंप्यूटर एक इंच भी टस-से-मस नहीं होता। मैं न चाहते हुए भी व्यथित हो जाती हूँ, जबकि वह (कंप्यूटर) उसके नियम पढ़ने हेतु धैर्यपूर्वक मेरी प्रतीक्षा करता है और उसके बाद वह मुझे जादू देता है। यह जादू अभ्यास है और यही अभ्यास आध्यात्मिक नियमों के ज्ञान के लिए भी आवश्यक है।

मैं अपने
अवचेतन मन से
सचेत होकर
जुड़ती हूँ

अवचेतन मन

मैं अपने अवचेतन मन को स्नेहिल संदेशों से भरती हूँ

मेरा अवचेतन मन सूचना का का मालगोदाम है। मैं जो कुछ सोचती अथवा बोलती हूँ, यह उसे रिकॉर्ड कर लेता है। यदि मैं इसमें नकारात्मक संदेश डालती हूँ तो नकारात्मक संदेश ही बाहर आता है। सकारात्मक विचार डालती हूँ तो सकारात्मक विचार निकलता है। अत: मैं ध्यानपूर्वक इसे सकारात्मक, प्रिय एवं उन्नायक संदेशों से भरती हूँ, ताकि इससे मुझे अपने लिए लाभप्रद अनुभव प्राप्त हों। मैं अब किसी भी ऐसी सोच, विचार अथवा विश्वास को त्याग देती हूँ, जो मुझे सीमित करता है। मैं अपने अवचेतन मन को अभिनव मान्यताओं से पुन: कार्यक्रमित (प्रोग्राम) करती हूँ, जो मेरे जीवन को अत्यंत अद्‌भुत, समृद्ध, आनंदपूर्ण घटनाओं से ओत-प्रोत कर दे।

सफल होने के लिए
आपको अपने मन में
विफलता की अपेक्षा
अनिवार्यतः सफलता की
भावना भरनी होगी

सफलता

मेरी प्रत्येक मान्यता एक सफलता है

जैसे बांजफल अपने नन्हे आकार में पूर्णतया बांजरहित और घुँघराला होता है, वैसे ही मेरे अंदर सफलता के सभी तत्त्व विद्यमान हैं। मैं इस समय जिस स्थिति में हूँ, उसमें अपने लिए प्राप्य मानक निर्धारित करती हूँ। मैं अपने सुधारों को प्रोत्साहित करती हूँ एवं उन्हें सराहती हूँ। प्रत्येक अनुभव से कुछ सीखना मेरे लिए सही है और सीखते समय कुछ गलतियाँ करना भी मेरे लिए उचित है। इसी प्रकार मैं सफलता-दर-सफलता प्राप्त करती जाती हूँ और इसके आलोक में ऐसा रोजाना होते देखना मेरे लिए थोड़ा सरल हो जाता है। मेरे हाथ असफलता लगती है तो मैं उससे दूर भागने की अपेक्षा उसे एक सबक के रूप में लेती हूँ। मैं असफलता को कोई महत्त्व नहीं देती। इस संपूर्ण ब्रह्मांड में केवल एक ही शक्ति है और यह शक्ति जो कुछ करती है, उसमें शत-प्रतिशत सफल है। चूँकि इसी शक्ति ने मेरी रचना की है, इसलिए मैं पहले ही एक सुंदर एवं सफल व्यक्ति हूँ।

मुझे यह जानकर
संतोष है कि
जिंदगी हमेशा
मेरा साथ देती है

मैं जीवन द्वारा समर्थित हूँ

मैं इस ब्रह्मांड में न अकेली हूँ और न ही परित्यक्त हूँ। जिंदगी की हर चीज रात-दिन, हर पल मेरा सहयोग करती है। जीवन को खुशहाल बनानेवाली हर चीज मेरे पास पहले से ही उपलब्ध है। मेरे जीवन की अंतिम साँस तक मेरे लिए पर्याप्त वायु मौजूद है। धरती मेरे लिए प्रचुर मात्रा में अन्न की आपूर्ति करती है। मेरे साथ बातचीत करने के लिए लाखों लोग हैं। मुझे हर संभव सहयोग प्राप्त होता है। मेरा हरेक चिंतन मेरे अनुभवों में प्रतिबिंबित होता है। जिंदगी हमेशा मुझे 'हाँ' कहती है। मुझे अगर कुछ करने की जरूरत है तो वह है, इस प्रचुरता एवं सहयोग को मैं हँसी-खुशी और कृतज्ञतापूर्वक स्वीकार करूँ। मेरी चेतना के अंतरतम में यदि कोई नकारात्मक और मेरी अच्छाई को ठुकरानेवाली चीज है तो मैं उसका परित्याग करती हूँ। मैं स्वयं जीवन द्वारा स्नेहिल एवं समर्थित हूँ।

हम चेतना में मात्रात्मक छलाँग साथ लगाते हैं

सहायता समूह

हर मोड़ पर मुझे मदद मिलती है

एक नया सामाजिक नियम है 'सहायता समूह'। एक व्यक्ति के रूप में हमारे सामने उत्पन्न होनेवाली किसी भी समस्या के लिए सहायता समूह हैं। हमारे पास वैयक्तिक विकास समूह हैं, स्वयं सहायता समूह हैं, धार्मिक समूह हैं और 12-सूत्री कार्यक्रम है। ये सहायता समूह यदि बंद कमरों में बैठकर चर्चा करने की बजाय सार्वजनिक रूप से काम करें तो अधिक लाभदायक सिद्ध होंगे। हमें ज्ञात है कि हम इन समस्याओं को चिह्नित करने हेतु संघर्ष करके इन्हें स्वयं जड़ से नहीं मिटा सकते। हमें अपने रवैए से चिपके रहने की जरूरत नहीं है। हम समान विचारधारावाले ऐसे लोगों से मिल सकते हैं, जो समान समस्याओं से ग्रस्त हैं और हम उनका सकारात्मक समाधान खोजने हेतु एक साथ मिलकर काम कर सकते हैं। हम एक-दूसरे का ध्यान रखते हैं और उन्हें सहयोग देते हैं और ऐसा करते समय हम अतीत की पीड़ा को पीछे छोड़ देते हैं। हम अतीत को लेकर आत्म-करुणा से ग्रस्त होकर आँसू बहाते हुए यह नहीं कहते कि "क्या यह भयावह नहीं है!" हमें इन्हें भुलाकर जीवन में अच्छाई की दिशा में आगे बढ़ना चाहिए। मैं आपकी सहायता करूँ और आप मेरी सहायता करें, इस प्रकार परस्पर सहयोग से हम दोनों एक साथ स्वस्थ हो जाएँगे।

मेरे डॉक्टर
खुश हैं कि मैं
तेजी से स्वस्थ
हो रही हूँ

सर्जरी

स्वस्थ होना मेरे लिए सुरक्षित है

जब कभी मुझे किसी डॉक्टर अथवा किसी स्वास्थ्य कार्यकर्ता की आवश्यकता महसूस होती है तो मैं उसका चयन सकारात्मक दृष्टिकोण एवं स्नेहिल हृदय से करती हूँ। चिकित्सा हेतु मेरे निर्णयों का सम्मान किया जाता है और मैं वास्तव में स्वयं को उस टीम का हिस्सा महसूस करती हूँ। मैं जानती हूँ कि वास्तविक आरोग्यदायिनी शक्ति मेरे अंदर है और अपनी यात्रा में उसके मार्गदर्शन पर विश्वास करती हूँ। जब मैं शांत बैठकर अपने जीवन की सुंदर चीजों पर ध्यान केंद्रित करती हूँ, मैं अपने आस-पास स्नेह एवं समझदारी का वातावरण तैयार करती हूँ। मैं जानती हूँ कि चिकित्सा व्यवसाय ब्रह्मांड के माध्यम से कार्य करता है, इसलिए मैं शांत होकर उसकी सुकोमल, सहृदय सतर्कता को स्वीकार एवं अनुभव करती हूँ। मेरे शरीर का स्पर्श करनेवाला प्रत्येक हाथ एक आरोग्यकर हाथ है।

मेरे विचार
मेरी सुरक्षा में
योगदान करते हैं

भय

मैं अपने जीवन की सुंदर वस्तुओं पर सौम्यतापूर्वक ध्यान केंद्रित करती हूँ

यह जानते हुए कि मैं सदैव एक असीम एवं परोपकारी ब्रह्मांड से संपृक्त हूँ, मैं इस ग्रह पर सुरक्षित एवं संरक्षित होकर विचरण करती हूँ। रात के अँधेरे में मुझे डरावनी आवाजें सुनाई देती हैं। मैं किसी अज्ञात भय से भयभीत थी। अपने मन के अँधेरे में मेरे मन में अकसर डरावने विचार आते थे। मुझे मेरे बचपन की बीती हुई भयानक यादें सताती थीं। मैं कल्पित दुर्घटनाओं से डर जाती थी। फिर भी अब मैं अतीत की पुरानी भयावह स्मृतियों का परित्याग कर अपना मन सुंदर कल्पनाओं में लगाती हूँ। मैं ऐसी सकारात्मक, सजीव कल्पनाएँ करती हूँ, जो मेरे लिए सार्थक एवं उपयोगी हैं। जब मेरे मन में डरावने विचार उत्पन्न होते हैं तो मैं उनका सामना अच्छी यादों से करती हूँ। मैं अपने विचारों की स्वामिनी हूँ और अपने मन को डरावने विचारों से दूर रखती हूँ। मैं अपनी सभी समस्याओं के समाधान हेतु ईश्वरीय प्यार से सहायता का अनुरोध करती हूँ। मैं सुरक्षित हूँ। सब ठीक है।

अपने पड़ोसी से भी
उतना ही प्यार करें,
जितना आप स्वयं से करते हैं।
अकसर हम अंतिम
दो शब्दों को
भूल जाते हैं

प्रसंग

किस भाँति मैं अधिक दयालु हो सकती हूँ?

हम एक शक्तिशाली युग में जी रहे हैं और हम निश्चय ही ऐसी शक्तियों के साथ हैं, जो इस ग्रह को स्वस्थ बनाने में सहायक हैं। आज हम ऐसे बिंदु पर हैं, जहाँ से हम एक अंधी गली में जा सकते हैं अथवा इस ग्रह (पृथ्वी) को आरोग्य प्रदान कर सकते हैं और यह 'उन पर' नहीं अपितु व्यक्तिगत रूप से हम पर निर्भर है। प्रतिदिन प्रात:काल जब मैं सोकर उठती हूँ तो स्वयं से कहती हूँ, "इस ग्रह को स्वस्थ बनाने में आज आप मेरी सहायता करें। मैं स्वयं से अधिक प्यार करूँगी। आज मैं भेदभावपूर्ण निर्णय नहीं करूँगी। आज मैं प्यार को अधिक प्रवाहित होने दूँगी। मैं अधिक दयालु बनूँगी।" ऐसे अनेक उपाय हैं, जिनके माध्यम से मैं सहायक हो सकती हूँ। मैं स्वतंत्र मार्ग पर अधिक कारों के लिए जगह बना सकती हूँ। मैं जानेवाले (चेक-आउट) काउंटरों पर भीड़ के बीच धैर्य बनाए रह सकती हूँ। मैं दयालुतापूर्वक काम करनेवाले नेताओं के पास पत्र भेज सकती हूँ। मैं हास्यात्मक कार्टूनों को पत्रिकाओं अथवा अखबारों से काटकर उन्हें अपने बिलों के साथ भेज सकती हूँ। मैं उपद्रवग्रस्त क्षेत्रों में प्यार का संदेश भेज सकती हूँ। सत्य के विषय में हम सब एक हैं, अत: हमारे लिए प्रतियोगिता, करुणा और निर्णय से आगे जाना संभव है। करुणा प्रेम का शिखरतम स्वरूप है। मैं अपने आस-पास नजर दौड़ाती हूँ और देखती हूँ कि मेरे सहित प्रत्येक व्यक्ति प्यार किए जाने योग्य है।

विचार मेरी जिंदगी के परदे बुनते हैं

विचार

मेरे विचार मेरे सर्वोत्तम मित्र हैं

मेरे विचार मेरे लिए कई बार इतने अधिक असुविधाजनक हो जाते हैं कि मैं उनसे डरने लगती हूँ। मैं सोचती थी कि मेरा उन पर कोई नियंत्रण नहीं है। तत्पश्चात् मैंने जाना कि मेरी सोच मेरे अनुभवों का निर्माण करती है और मैं अपनी इच्छानुसार कोई भी विचार सोच सकती हूँ। जैसे ही मैंने अपने विचारों पर नियंत्रण करना और उन्हें अपनी मनचाही दिशा में मोड़ना सीख लिया, मेरा संपूर्ण जीवन अच्छाई में परिवर्तित हो गया। अब मैं जान गई हूँ कि मैं ऐसी चिंतक हूँ, जो अपने विचारों का चयन कर सकती है। अपने चिंतन हेतु जिन विचारों का मैं चयन करती हूँ, वे मेरे जीवन को आकार देते हैं। अब यदि कोई नकारात्मक विचार मेरे मन में उभरता है तो मैं उसे गरमियों का बादल समझकर गुजर जाने देती हूँ। मैं क्रोध, शर्म और अपराध-बोध के विचारों को निकाल बाहर करती हूँ और प्यार, शांति तथा आनंद और इस ग्रह को स्वस्थ बनाने में मैं क्या सहायता कर सकती हूँ, जैसे विचारों का चयन करती हूँ। मेरे विचार मेरे मित्र बन गए हैं और उन्हें सोचते हुए मुझे खुशी मिलती है।

मैं कभी
जल्दबाजी नहीं करती,
क्योंकि मेरे पास
जिंदगी भर का
समय है

समय

दुनिया का सारा समय मेरे पास है

समय ठीक वैसा ही होता है, जैसा मैं उसे बनाना चाहती हूँ। यदि मैं दौड़ती हुई महसूस करती हूँ तो समय गतिमान हो जाता है और मेरे पास पर्याप्त समय नहीं रह जाता। जब कभी मैं सोचती हूँ कि मेरे पास काम करने के लिए हमेशा पर्याप्त है तो समय की गति क्षीण हो जाती है और अत्यल्प समय में मैं अपना काम पूरा कर लेती हूँ। जब कभी मैं खुद को यातायात में फँसी पाती हूँ तो तत्काल इस तथ्य को स्वीकार करती हूँ कि हम सब वाहन चालक अपने गंतव्य पर पहुँचने हेतु यथासंभव सर्वोत्तम प्रयास कर रहे हैं। गहरी साँस लेकर मैं सभी चालकों के लिए प्यार से दुआ करती हूँ और जानती हूँ कि मैं अपनी मंजिल पर सही समय पर पहुँच जाऊँगी। जब हम अपने प्रत्येक अनुभव की परिपूर्णता देखते हैं तो हम कभी भागते नहीं अथवा हमें देर नहीं होती। हम सही समय पर सही जगह पहुँच जाते हैं और सब अच्छा होता है।

मैं परिवर्तन के
बड़े खूबसूरत दौर से
गुजर रही हूँ और
इसके हर पल का
मजा ले रही हूँ

परिवर्तन

मैं परिवर्तन की इच्छुक हूँ

हम परिवर्तन के दौर से गुजर रहे हैं। यह पुराने विचारों को त्यागने और नए विचार सीखने का समय है। अकेलापन, क्रोध, अलगाव, भय और पीड़ा इत्यादि पुराने भय के लक्षण हैं और उसे ही हम वास्तव में बदलना चाहते हैं। हम भय से प्यार की ओर बढ़ना चाहते हैं। मत्स्य युग में हम स्वयं से बाहर जाकर अपनी रक्षा हेतु अन्य लोगों का मुँह देखने लगे। कुंभ युग, जिसमें इस समय हम प्रवेश कर रहे हैं, लोग अपने अंतर्मन में झाँकना प्रारंभ कर रहे हैं, जिसमें वे पाते हैं कि उनके अंदर अपनी रक्षा करने की असीम शक्ति है। यह हमारे लिए अत्यंत अद्‌भुत मुक्तिदायिनी चीज है। कुछ लोग इससे डर जाते हैं, क्योंकि यह उन्हें एक प्रकार का उत्तरदायित्व लगता है, परंतु वास्तव में यह हमारे जीवन के प्रति अनुक्रिया करने की हमारी योग्यता है, इस रूप में नहीं कि हम इसके शिकार हो रहे हैं, बल्कि इस रूप में कि हम इससे शक्ति प्राप्त कर रहे हैं। यह एक अच्छी भावना है कि आपको किसी बाहरी व्यक्ति पर निर्भर होने की आवश्यकता नहीं है। आप यह समझ लें कि आपके अंदर अपने जीवन में सकारात्मक परिवर्तन लाने की जबरदस्त योग्यताएँ हैं।

अपने दौरे में प्यार डालें,
प्यार प्रत्येक दिशा में जाता है,
अतः आप यह समझ लें कि
आप जहाँ कहीं भी जाएँगे,
वहाँ प्यार आपकी
प्रतीक्षा में खड़ा मिलेगा

परिवहन

मैं एक शांत यात्री हूँ

मैं सारा दिन अपने शारीरिक तनाव के स्तर की जाँच करती हूँ। इससे कोई फर्क नहीं पड़ता कि मैं कहाँ हूँ, मैं एक मिनट शांत बैठकर गहरी साँस लेती हूँ और तनाव को बाहर निकाल देती हूँ। मैं जीवन के साथ पूरा तालमेल रखती हूँ। मेरी आंतरिक खोज एवं बाह्य गतिविधियाँ मुझे एक अनुभव से दूसरे अनुभव की ओर ले जाती हैं। सब ठीक है। हवाई जहाज, रेलगाड़ी, बस, कार, ट्रक, नाव, पहिएवाला जूता, साइकिल इत्यादि यातायात के सभी साधन मेरे लिए सुरक्षित हैं। यात्रा पर जाने से पूर्व मैं स्वयं को मानसिक रूप से तैयार करती हूँ कि मैं सुरक्षित एवं संरक्षित हूँ। मैं अपनी चीजों को इस तरह व्यवस्थित करती हूँ कि वे मुझे समय पर आसानी से मिल जाएँ, अतः मैं संगठित एवं समेकित महसूस करती हूँ। इस प्रकार मैं अपनी मंजिल की ओर जानेवाली यात्रा को आनंदमय बनाने का प्रयास करती हूँ।

मुझे विश्वास है कि
मेरी अगली साँस वहाँ है,
आइए, हम यह विश्वास
करना प्रारंभ करें कि
हमारे लिए अन्य चीजें भी
वहाँ होंगी

भरोसा

मैं अपने ऊपर विश्वास करती हूँ

विश्व एक कलाकृति है और मैं भी उसी के समान हूँ। इस शाश्वत रचना में सकारात्मक योगदान हेतु यह आवश्यक है कि मैं जीवन की प्रक्रिया पर विश्वास करूँ। यदि मेरे समक्ष कोई कठिनाई उपस्थित होती है तो मैं आत्मविश्वासपूर्वक अपने मन की गहराई में उतरती हूँ और अपने विचारों को सत्य और प्यार में डुबा देती हूँ। जब मैं तूफानी समुद्र के बीच से अपना सुरक्षित मार्ग बनाती हूँ तो ईश्वर से अपने मार्गदर्शन हेतु प्रार्थना करती हूँ। मेरा दायित्व है कि मैं वर्तमान में जीऊँ और स्पष्ट, सरल, सकारात्मक विचारों एवं शब्दों का चयन करूँ। हर चीज का कोई कारण मेरे पास हो, यह जानना न तो आवश्यक है और न ही संभव। मैं यह अवश्य जानती हूँ कि मैं एक सुंदर एवं विश्वसनीय आत्मा से जनमी हूँ। मैं अपने जीवन के खजाने में उसके रहस्यमय एवं अदृश्य प्रक्रिया को सँजोने हेतु अभी एक पल लूँगी।

एक समूचा दिन
आप स्वयं को समग्रतः
स्वीकार करने में लगाएँ
और देखें कि
क्या होता है

बिना शर्त प्रेम

मैं वही प्यार देती हूँ, जो मुझे प्राप्त होता है

चूँकि मैं स्वयं को अपनी तथाकथित समस्त कमियों, उलझनों सहित अभी यहाँ जिस रूप में हूँ, उसी रूप में स्वीकार करती हूँ, अत: मेरे लिए आपको भी उसी रूप में स्वीकार करना सरल हो जाता है। जब मैं अपने तथा औरों के लिए अपने प्यार की कोई शर्त रखती हूँ तो मेरा प्यार उन्मुक्त नहीं होता। 'मैं आपसे प्यार करूँगी बशर्ते कि' जैसे वाक्य केवल लफ्फाजी हैं। सशर्त प्यार का अर्थ प्यार नहीं, नियंत्रण होता है। अत: मैं अन्य लोगों को नियंत्रण से मुक्त करना सीखती हूँ और उन्हें उनके वास्तविक रूप में जानने की स्वतंत्रता प्रदान करती हूँ। मैं समझती हूँ कि अपने जीवन की राह में हम सब अपनी-अपनी तरह से अपनी मानसिक शांति हेतु संघर्ष कर रहे हैं और अपने ज्ञान, बुद्धिमानी एवं जागरूकता के अनुसार सर्वोत्तम प्रयास कर रहे हैं। चूँकि हममें से अधिकतर लोग अपनी चेतना को शर्तहीन प्यार के स्तर तक ले जाते हैं, अत: हम अपने अंदर आध्यात्मिक शक्ति के अभिनव स्तर का विकास करते हैं। मैं देखती हूँ कि परोपकार की एक विस्तृत चादर इस ग्रह को आच्छादित किए हुए है और हमारी चेतना को भय से प्यार के रूप में परिणत करने में सहायता कर रही है।

मेरे ज्ञान के
विस्तार के साथ
मेरी दुनिया भी
विस्तृत होती
जाती है

समझदारी

मैं अपने ज्ञान का अनवरत विस्तार कर रही हूँ

मुझे पढ़ाया जा सकता है। मैं प्रतिदिन अपने भीतर स्थित ईश्वरीय बुद्धि के प्रति अपनी जागृति में थोड़ी वृद्धि करती हूँ। मैं खुश हूँ कि मैं जिंदा हूँ और अपनी प्रत्येक अच्छाई हेतु कृतज्ञ हूँ। जीवन मेरे लिए शिक्षा के समान है। मैं एक बच्चे की तरह रोजाना अपने मन एवं हृदय को नई सोच, नए लोगों, नए दृष्टिकोणों तथा अपने आस-पास और अपने भीतर होनेवाली घटनाओं को जानने हेतु खोलती हूँ। मेरा मानव मन सदैव पहली बार में ही संभवत: समझ नहीं पाता। लगता है, समझदारी हेतु अधिक प्यार और धैर्य की आवश्यकता होती है। यहाँ इस पृथ्वी ग्रह पर स्थित जीवन के इस अतुल्य विद्यालय में होनेवाले सभी परिवर्तनों को अधिक सरलता से महसूस करने हेतु मेरा मानसिक कौशल वास्तव में मेरी सहायता कर रहा है।

विलक्षणता में
कोई प्रतियोगिता एवं
कोई तुलना
नहीं है

अद्भुत

मेरी तरह प्रत्येक प्राणी अद्भुत है

भावनात्मक तौर पर हम सब एक हैं। फिर भी, मेरा मुखड़ा विलक्षण एवं ईश्वर के मुखड़े की भिन्न अभिव्यक्ति है। यह आवश्यक नहीं कि आप और मैं एक समान हों। एक ओर जहाँ अनेक लोग अपना जीवन पड़ोसियों की सोच के अनुसार जीते हैं, वहीं दूसरी ओर मैं अपना जीवन अपने हृदय की बात सुनते हुए व्यतीत करती हूँ और पड़ोसियों को उनकी इच्छानुसार सोचने देती हूँ। मैं न तो बहुत बड़ी हूँ और न ही बहुत छोटी और मुझे किसी के सामने खुद को साबित करने की भी कोई जरूरत नहीं है। मैं अपने जीवन को ईश्वर की अद्भुत रचना मानते हुए स्वयं से प्यार करके आनंदित होती हूँ। मेरा अस्तित्व एक आनंददायी खोज है। मैं अपने आंतरिक तारे की ज्योति का अनुसरण करके अपने विलक्षण तरीके से चमकती हूँ। मैं जीवन से प्यार करती हूँ।

प्यार सदैव हिंसा को मिटाता है

हिंसा

मैं प्यार की शक्ति में विश्वास करती हूँ

हिंसा की अपेक्षा प्यार की पैठ अधिक गहराई तक होती है। इस पृथ्वी के प्रत्येक प्राणी के हृदय में प्यार का निवास होता है। पृथ्वी पर जहाँ कहीं भी हिंसा होती है, वहाँ प्यार की बात प्रबलता से सुनने की कोशिश की जाती है। मैं प्रत्येक हिंसक समाचार की मूक चीत्कार को सुनना सीख रही हूँ। मैं अपने मन के उपकरणों में विश्वास करती हूँ और इन उपकरणों के साथ मैं नकारात्मक अनुभवों के प्रति अपने लगाव से मुक्त होकर बाहर निकलती हूँ और नई सकारात्मक संभावनाएँ तलाशती हूँ। अनेक लोगों को अपने मनरूपी रचनात्मक उपकरणों को प्रयोग करना नहीं सिखाया गया है, इसलिए वे अपने स्वनिर्मित विश्वासों के साथ बड़े होते हैं। विश्वास अथवा मान्यताएँ अत्यंत शक्तिशाली होती हैं। लोग अपने विश्वासों की रक्षा हेतु लड़ मरने को उचित ठहराते हैं। फिर भी ये मान्यताएँ केवल विचार होती हैं और विचार बदले जा सकते हैं। मैं स्वयं से प्यार करती हूँ; इसलिए मैं कभी स्वयं अपने अथवा किसी अन्य के प्रति कटु आलोचना अथवा मनमाने निर्णयों जैसे क्रूर विचारों को अतिक्रमण नहीं करने देती। मैं स्वयं से प्यार करती हूँ, इसलिए दंडनीय विचारों से हमेशा दूर रहती हूँ। मैं स्वयं से प्यार करती हूँ, अत: जहाँ कहीं भी मुझे अवसर मिलता है, मैं पीड़ित एवं उत्पीड़क की भूमिका का परित्याग कर देती हूँ। मैं स्वयं को क्षमा करती हूँ एवं अन्य लोगों को भी क्षमा कर देती हूँ।

मैं अब अपनी नारी शक्ति का दावा करती हूँ

अकेली महिला

विदुषी नारियाँ आसमानी गीत नहीं गातीं

एक शताब्दी पूर्व कोई अविवाहित स्त्री किसी के घर में आमतौर पर केवल एक अवैतनिक नौकरानी हो सकती थी। उसकी कोई निजी अस्मिता, किसी विषय में कोई राय नहीं होती थी और उसे उसी रूप में अपना जीवन बिताना पड़ता था, जो उसे सौंपा जाता था। हाँ, जीवन को पूर्ण बनाने हेतु उसे किसी पुरुष की आवश्यकता होती थी, यहाँ तक कि पचास वर्ष पूर्व भी किसी अविवाहित स्त्री की पसंद अथवा इच्छाएँ भी अत्यंत संकुचित एवं सीमित होती थीं। आज किसी अविवाहित अमेरिकी औरत के सामने सारी दुनिया मौजूद है। अपनी क्षमताओं और अपने ऊपर उसके विश्वास के आधार पर वह कोई भी शिखर छू सकती है। वह यात्रा कर सकती है, अपनी नौकरी चुन सकती है, अच्छा पैसा कमा सकती है, ढेर सारे मित्र बना सकती है और व्यापक स्वाभिमान अर्जित कर सकती है। हाँ, अभी सीखने को बहुत कुछ है, परंतु स्त्रियाँ लंबे समय से अपनी शक्ति वापस पाना चाहती थीं। अब, जबकि एकल पुरुषों की अपेक्षा एकल स्त्रियाँ अधिक हैं, हमारे पास आगे बढ़ने का एक अभिनव अवसर है। आइए, हम इसका अधिकाधिक लाभ उठाएँ। यदि अभी इस पल हमारे जीवन में कोई मिस्टर राइट नहीं हैं तो भी अपनी योग्यता के बल पर हम स्वयं मिस राइट बन सकती हैं।

मैं अपने शब्दों की
शक्ति के प्रति
सचेत हूँ

शब्द

मैं अपने मन एवं वचन का आदर करती हूँ

चूँकि मैं सुखद अनुभव प्राप्त करना चाहती हूँ, इसलिए मैं अपने शब्दों के प्रति सचेत होकर उनका चयन करती हूँ। एक बालिका के रूप में मुझे व्याकरण के नियमों के अनुसार शब्दों का चयन करना सिखाया गया। बहरहाल, एक वयस्क के रूप में मैंने पाया कि व्याकरण के नियम लगातार परिवर्तित होते रहते हैं और जो एक समय अनुचित होता था, वही किसी अन्य समय पर अथवा विलोमत: उचित हो जाता है। व्याकरण शब्द के अर्थ एवं इस तथ्य पर विचार नहीं करता, वह हमारे जीवन को किस प्रकार प्रभावित करता है। जिस प्रकार एक कुम्हार गीली मिट्टी को अपने कौशल से किसी कटोरे, थाली अथवा चाय की प्याली की आकृति दे देता है, उसी प्रकार मेरे विचार एवं शब्द मेरे जीवन को आकार देते हैं। मैं स्वयं अपना सोचा एवं बोला गया शब्द हूँ। मैं सुंदर हूँ। मैं बुद्धिमान हूँ। मैं प्यारी एवं दयालु हूँ। मेरे शब्द विश्व में समादृत हैं।

मैं इस समय
सही स्थान पर हूँ,
क्योंकि यहाँ मेरे लिए
सीखने हेतु बहुत
कुछ है

कार्य

जब मैं अपने कार्यों के बारे में सोचती हूँ तो मेरी छाती गर्व से चौड़ी हो जाती है

मुझे सुबह इस जानकारी के साथ सोकर उठना प्रिय है कि आज मुझे महत्त्वपूर्ण कार्य करना है। मेरा कार्य अत्यंत चुनौतीपूर्ण एवं संतोषजनक है। मैं रोजाना अपनी मौजूदा हालत के लिए प्यार से दुआ करते हुए अपने दिन की शुरुआत करती हूँ। मैं जानती हूँ कि मेरा दैनिक कार्य मेरी मंजिल के रास्ते का एक पग पत्थर मात्र है और आज मैं जिस स्थान पर हूँ, वहाँ अपनी चिंतन विधि के कारण पहुँची हूँ। जब मैं अपनी स्थिति से संतुष्ट नहीं होती तो मैं अपने अंतर्मन की दैवी बुद्धि से जुड़ने हेतु मानसिक कार्य करती हूँ, जहाँ मेरे लिए नए द्वार सदैव खुलते रहते हैं। यहाँ मैं सदैव कार्यरत एवं उत्पादनशील रहती हूँ। मैं स्मरण रखती हूँ कि मेरे शरीर की करोड़ों कोशिकाएँ अद्भुत कार्य करते हुए सक्रिय रहती हैं। जैसे वे अपना कार्य करती हैं, उसी प्रकार मैं भी अपने आस-पास की जरूरतों पर अनुक्रिया करती हूँ। जब मैं दुनिया में काम करती हूँ तो मेरी उच्चतर शक्ति मेरे माध्यम से प्रस्फुटित होती है।

मैं अपनी उपयोगिता के बारे में संतुष्ट हूँ

लायक

मैं वह कर सकती हूँ

मैं जितने अधिक प्यार एवं स्वीकार्यता से अपना सहयोग करती हूँ, स्वयं को उतनी ही अधिक उपयोगी महसूस करती हूँ। जब मैं उपयोगी महसूस करती हूँ तो मुझे अच्छा लगता है। वास्तविकता यह है कि मैं सचमुच अच्छा महसूस करती हूँ। मैं अपने साथ अच्छाई से शुरुआत करती हूँ। मैं उन अवसरों को देखना प्रारंभ करती हूँ, जिन पर मेरी दृष्टि पहले कभी नहीं गई। मैं जीवन को मुझे नई और रोचक दिशाओं में ले जाने देती हूँ। मैं अपने मन को अपनी संभव सोच से आगे जाने देती हूँ। मैं जीवन की संभावनाओं की समग्रता के योग्य बनती हूँ तो जीवन अचानक अत्यंत उत्तेजक हो जाता है। मैं जानती हूँ कि मुझे अपना इच्छित जीवन पाने का अधिकार है। हो सकता है कि मुझे अपने दृष्टिकोण में थोड़ा-बहुत परिवर्तन करना पड़े, पुरानी मान्यताओं को त्यागना और सीमाओं को लाँघना पड़े, परंतु मैं वह कर सकती हूँ। मैं अमूल्य हूँ। मैं समस्त अच्छाई के योग्य हूँ।

मैं अपने समस्त
अनुभवों के माध्यम से
स्वयं से प्रेम करती हूँ,
और सब ठीक है।

मैं अपना मूल्यांकन करती हूँ

मैं अपने ऊपर अपने आंतरिक संसार में काफी लंबी यात्रा कर चुकी हूँ और अभी भी बहुत कुछ करना शेष है। मैंने सीखा है कि किसी चीज के लिए खुद को 'गलत' समझना स्वस्थ प्रक्रिया नहीं है। मैं स्थिति का निरीक्षण करके देखती हूँ कि अगली बार मैं उसे और अच्छा कैसे कर सकती हूँ। मैं अपने अंदर असुविधाजनक भाव उत्पन्न करनेवाले विचारों को त्याग देती हूँ। जब मुझे इस बात का एहसास होता है कि मैं कुछ गलत करने जा रही हूँ तो अपने चिंतन के कष्टदायी रवैए को छोड़ सकती हूँ। हर दिन कुछ सीखने और अनुभव करने का अवसर देता है और अपनी 'गलतियों' से हम सीखते हैं कि अगली बार उस काम को भिन्न तरीके से कैसे किया जाए। अत: मैं कभी गलत नहीं होती। मैं केवल सीख रही हूँ। यह सब अत्यंत सरल है।

□□□

9789353225858
FCW - #0024 - 061026 - C0 - 216/140/15 - PB - 9789353225858 - Matt Lamination